人造救世主

小林泰三

角川ホラー文庫
16414

0

「君は残念な息子だ」〈父〉は静かに言った。「わたしは君に何も期待していない。もう努力しなくても構わない」

彼は自分の耳を疑った。

父さんは何を怒っているのだろう？

「父さん、ごめんなさい。僕を許して」

「許すも許さないもない」〈父〉は穏やかな態度を崩さなかった。「君は何も悪いことをしていないのだから」

「でも、父さんは僕を怒っているのでしょう？」

「怒ってなどいない。ただ、気落ちしているだけだ。君が役立たずだったから」

「本当にごめんなさい」彼は泣きそうになった。「だから、そんなふうに言わないで」

「謝る必要はないと言ってるだろ。君のせいではないのだから」

「どういう事？」

「もちろん我々のせいでもない。科学班の委員会は単なるばらつきの問題だと結論付けている」

「ばらつき？」

「同じように造ろうとしても必ず出来不出来というものが発生するのだ。同じ工場で作られた電機製品でも壊れやすいものと長持ちするものがある。それがばらつきだ。もちろんばらつきはできる限り抑える事が望ましい。だけど、初期ロットではどうしても避け難いんだ。それは製造者の責任ではないし、ましてや製造物の責任でもない。それはどうしようもない事なんだ。だから、君は気に病む事はない」

きっと、父さんは冗談を言ってるんだ。僕を笑わそうと思って。今すぐ声を出して笑えば父さんも笑ってくれるんだ。

でも、彼は笑う事ができなかった。涙がぽろぽろと溢《あふ》れてきた。

「悔しいから泣いているのか？　悔しがる必要も反省する必要もないよ。君は精一杯努力してきた。我々は君の脳内をモニターしているから、嘘偽りなく本気でがんばってきた事はちゃんとわかっているんだ。本当なら君は救世主になるはずだった。我々と世界を導く真の指導者だ。だけど、君には才能がなかったため、我々の望むような存在にはならない事がはっきりした。それだけの事だ。君は不要になったんだ」

「僕、ちゃんと言う事を聞く。一生懸命、勉強もする」彼は泣きじゃくった。「だから、もうそんな事、言わないで」

「その必要はないよ。君は好きなようにすればいい。勉強してもいいし、しなくてもいい。我々に話しかけるのも自由にしていい。我々は気が向けば相手をするし、そうでなければ無視する」

「父さんは、僕にどうなって欲しいの？」

「どうにもならなくていい。君には無理だから」

「無理かどうかやってみなくっちゃわからないよ」

「では、今すぐわたしが何を考えているか、言ってみなさい」

「わからないよ」

「では、空中に浮かんでごらん」

「できないよ」

「では、ナイフで自分の心臓を貫いてごらん」

「死んじゃうよ」

「ほら。君は何一つできやしない」

「ごめんなさい」

「だから、謝る必要はないのだよ。君のせいではないのだから」

「僕はこれからどうなるの？」

「どうにもならない。当面は、今まで通りここで暮らせばいい。ただし、訓練はなしだ。ここで好きな時に食べ、好きな時に眠り、好きな所を歩き回ればいい」

「当面ってどういう事？」

「時期的に半端だという事だ。今年度の君のための予算はすでに確保されている。ただ、来年度の予算は確実にカットされる。君の生活に必要な費用など微々たるものだが、それでもゼロになったら、どうしようもない」

「ゼロになったら、どうなるの？」

「さあ。理論的には君はここにはいられなくなる。しかし、外に出す訳にはいかない。わたしには判断が付かないし、別に判断する気もない」

彼は〈父〉の言った言葉の意味を嚙《か》み締めた。

ここにはいられない。そして、外には出られない。

薄ら寒い感覚に襲われた。

「僕は殺されるの？」震える声で彼は言った。

「悪いが君の措置については特に興味ないんだ。それに今日からは新しい実験体の評価をしなくてはならない。いつまでも君に付き合っていられないんだ」〈父〉は携帯端末を覗《のぞ》きながら言った。「気になるんなら、誰かに訊《き》いてみたら？　誰に訊けばいいのかわからないけど」〈父〉はさっさと行ってしまった。

彼は部屋の中に一人取り残された。

天井も壁も床もテレビもベッドも物入れもすべてが白一色の部屋。

彼は生まれてからずっとこの部屋で過ごしてきた。少なくとも物心がついてからはずっとそうだった。

毎日、何度も〈父〉たちか〈母〉たちが現れ、勉強を教えてくれ、いろいろなテストや検査をしていった。

部屋から出る事は自由だった。彼は食堂、図書室、映画室、公園室等を巡りながら一日を潰《つぶ》した。

生活は満ち足りたものではなかったかもしれないが、決して惨めなものではなかった。そもそも彼はここ以外の生活を体験した事がなかったので、比較する事もできなかった。ただ、テストや検査の中には嫌なものもいくつかあった。特に電流を流す検査は彼の最も苦手とするところだった。

検査がなくなるというのは、願ったり叶《かな》ったりだ。だが、自分の存在意義まで消失してしまうのはいき過ぎだ。父さんたちには僕が生かしておいてもなんの得もない存在に見えているのだろう。いや。見えているだけではなく、実際になんの得もないのかもしれない。

僕は生きているだけで、父さんたちに損をさせている。僕は何ら利益を生み出さないのに、毎日食事をし、風呂《ふろ》に入り、服を着ている。それを無駄だと感じる父さんもいるだろうし、もしその父さんが僕を殺そうと思えば、他の父さんたちも、そして母さんたちも反対はしないだろう。父さんたちは僕個人には特に関心はなく、検査データの方が大事なのだから、厄介な事に首を突っ込みたくないのだ。

ある日、突然殺されてしまうのだろうか？　それとも、食事を止められ、徐々に衰弱して死んでいくのだろうか？

もちろん、このままの状態が続いていく可能性もある。その場合はただ空気のようにここで生きていく事になる。

彼はなすすべもなく、無気力な生活を続けた。

もちろん、ただ部屋に閉じ籠《こも》っていた訳ではない。彼は毎日不安と戦うように「家」の中を歩き回った。

忙しく実験を繰り返している「父母」たちに彼は時折話し掛けた。単に無視される事も多かったが、「父母」たちの気分がよい時には言葉を返してくれる事もあった。「父母」たちはべつだん彼を憎んでいる訳ではない。ただ、興味を失っただけなのだ。

「その金属は何？」ある時、彼は熱心に観察を続ける〈母〉に尋ねたのだった。

「これ？　これはロンギヌスの槍《やり》よ」

「それは特別なもの？」

「特別？……ええ。特別なものよ。この特性を持つ物体は唯一だから」

「どんな特性があるの？」

「不特定超越現象誘発遺伝子の非制御的発散増幅を起こすの」

「どういう事？　何か悪い事なの？」

「心配しなくても、普通の人間には影響しない」

「普通の人間？」

「ええ。わたしやあなたのような」

「普通でない人間には影響するの？」彼は槍に手を伸ばし、指を近付けた。

「ええ。この槍は英雄を——救世主を殺せるのよ」

彼はびくりとして手を引っ込めた。

「だから、あなたには何の影響もない。あなたは英雄ではないから」〈母〉は観察を続けながら言った。「だけど、不用意にこの槍に触れるのはよして。コンタミが邪魔になるから」

「コンタミって？」

「汚染の事よ」

〈母〉はその質問には答えず、装置の調整を始めた。

「怒ったの？」彼はおそるおそる尋ねた。

「いいえ。答えるのが面倒だっただけ」

「槍について、もっと訊いてもいい？」

「ええ。面倒な質問でなければ」

「それはどこにあったの？」

「博物館。他のハプスブルグ家の財宝と共に陳列されていたのを閣下が見出《みいだ》したのよ。閣下は初めてこれを見た時、数分間の恍惚《こうこつ》状態に陥り、そしてこの槍を手にして世界を制する事を確信したと言われているわ」

「それって、本当の事なの？」

〈母〉は少しの間、首を傾げた。「少なくともやつらは本当だと思ってるわ」

「やつらって？」

「魔術班よ」

「魔術？」

「その言葉には何の意味もない。重要性のかけらもない単なる単語に過ぎないわ」

「母さんが何を言ってるのか、僕にはわからないよ」

「彼らは起きているのに常に寝言を言っているだけ。気にする必要はない。ただ、彼らは組織の内部で一定の発言権を持っている。早期に排除する必要があるのだわ」

「母さんは本当だと思ってるの？」

「槍が未知の特性を持っている事は科学的な事実よ。そして、その表面から我々が不特定超越現象誘発遺伝子を抽出したのも事実。しかし、それを以《もっ》て彼らの寝言を肯定する理由にはならない。……しかし、もし閣下が不特定超越現象誘発遺伝子を持っていたとしたら、槍からなんらかの影響を受けたとしてもおかしくはない」

「閣下には不特定超越現象誘発遺伝子があったの？」

「我々には見付けられなかった。だが、通常のアミノ酸配列には翻訳されない介在遺伝子だと思われているものの中に、そのような機能が隠されている可能性もあるわ」

「母さんはそれを信じているの？」

「まさか」〈母〉は再び測定器を調節した。「やつらは近いうちにこれを返せと言ってきている。未知の科学的事象を内在した物体をオカルト狂信者共の手に委《ゆだ》ねる？　そんな無謀な事が許されていい訳がない」

「どうするつもり？」

「返さない」

「揉《も》め事になるよ」

「揉め事にはならないの。わたしたちはやつらが米軍にしたのと同じ事をやつら自身にしてやるのよ」

「米軍に何をしたの？」

「レプリカを渡したの。米軍はロンギヌスの槍を手に入れたと思って、喜び勇んで持ち帰った。もちろん、やつらに本物かどうかが判断できる訳がない。そして、その計略を思いついた狂信者共だって、本当のところ、区別する事はできない」

「母さんたちにはできるの？」

〈母〉は頷《うなず》いた。「この物体がなんらかのエネルギーを放出している事は間違いない。ただし、そのエネルギーを直接探知する事はできないの。なぜなら、エネルギーの正体がわからないから」

「じゃあ、母さんたちにも区別できないんじゃ……」

「いいえ。わたしたちには可能なの。間接的な手法を使うのよ。不特定超越現象誘発遺伝子そのものをセンサとして活用する。不特定超越現象誘発遺伝子を組み込んだ細胞を槍に接触させれば、強烈なエネルギー変換が起こり、細胞構造は崩壊する。それを観測すれば、槍の力を確認する事ができる。この方法は世界で唯一わたしたちだけが実用化した手法よ」母親は容器から金属製の物体を取り出した。「これがなんだかわかる？」

「槍だね。二本目があったの？」

「これはレプリカよ」

「この槍にも力があるの？」

〈母〉は首を振った。「こんなものはただの屑鉄《くずてつ》よ。でも、わたしたち以外には見分けは付かない。これは重要な事よ」〈母〉は無造作にレプリカを転がした。「やつらにはこれを返せばいいわ。無知なやつらはこれを有り難がって拝む事だろう」〈母〉は珍しく微笑んだ。


「この部屋には何があるの、父さん？」

「おまえの兄弟がある」

「僕の兄弟が他にもいるの？」

「わたしは『ある』と言ったのだ、九番よ」

「なんだか、もののような言い方だね」

「おまえの兄弟はまさしく物体だ」

「つまり……この部屋にいる兄弟は死んでいるの？」

〈父〉は顎《あご》に手を当て、考えた。「死んでいる兄弟もある、九番よ」

「生きている兄弟もい……あるの？」

〈父〉は頷いた。

「その兄弟は見ることができないの？」

「見たいのか？」

彼は頷いた。

「なら、見るがいい。特に禁止されてはいない」〈父〉はドアを開けた。

消毒液と腐敗臭が入り混じった独特な臭いが部屋から流れ出した。

部屋の中は薄暗く、何があるのかははっきりしない。

「入ってもいいの？」

「問題はない」

彼はゆっくりと部屋の入り口に向かった。床は何かの液体で濡《ぬ》れている。薄闇の中で、蠢《うごめ》くものがあった。半ば赤黒い液体に浸された奇妙な形をしたものだった。

「あれはいったい何？」

「さっき言ったはずだ。ここにはおまえの兄弟があると」

「あれは死んでいるんだよね」

〈父〉はちらりと見た。「なぜ、そう思った？」

「だって、保存液に浸《つ》けられているよ」

「あの液体は保存液ではない。あれは湿潤環境を保つためのものだ」

「どうして、そんな事をしているの？」

「あのサンプルには皮膚がないから、ああしていないと体内の水分を保持できないのだ」

「近くで見てもいい？」

「問題ない」

それは赤黒い塊のように見えたが、近付いてよく見ると、ぼんやりと人の姿をしていた。まるで苦痛を堪《こら》えるように精一杯身体を屈《かが》めている。皮膚はなく、どろりとした液体の中に漂っている。

「まるで苦しんでるように見えるね」

「そう見えるなら、たぶん苦しんでいるのだろう」

「どうして、苦しませておくの？」

「さあ。気にした事はない。おそらく特に意味はないのだろう」

「楽にしてあげられないの？」

「どういう意味だ？」

「麻酔を打って眠らせるとか」

「そんな事をする意味がわからない。余計な薬剤は極力使用すべきではない。測定値に余計な因子が混入する」

「何かを測定しているの？」

「ああ。生体信号や体液の成分をね」

「何のために?」

「念のためにだ」

「念のため?」

「将来、このデータが何かの役に立つかもしれないからだ」

「役に立つの?」

「役に立つ可能性は殆《ほとん》どないだろう。だが、ゼロではない。一方、測定にかかる労力はほんの僅《わず》かだ。やってみて損はないという事だ」

「損はしているよ」

「何の話をしている?」

「あのサンプルだよ。彼は苦痛を感じているんでしょ」

「その可能性が高いという事だ」

「だったら、彼は損をしている」

「我々があのサンプルに感情移入しなければならない理由はない」

彼はいたたまれなくなり、サンプルから目を逸《そ》らした。別のものが目に入った。

「檻《おり》の中にいるのは何?」

「人型になれなかったおまえの兄弟たちだ」

それは人とも動物とも付かないねじくれた姿をしたものたちだった。ほとんどが立つ事もできず、脱脂綿が散乱する床に倒れ伏していた。顔面部に欠損があるものも多く、何人かは完全にのっぺらぼうの状態だった。

「どうして、こんな事に？」

「いくつか仮説はある。我々は素体のゲノムに不特定超越現象誘発遺伝子を組み込んだ。その際、遺伝子が未知の相互作用を起こしたのだろう。つまり、不特定超越現象誘発遺伝子が通常の遺伝子の発現を阻害したという事だ。ただ、すべてのサンプルに同じ現象が起きたわけではなく、正常に成長したものもあった事が不可解だ。おそらく発生段階でなんらかの条件が整った場合のみ、正常な発現がみられるのだろうと考えられている」

「僕もこうなるかもしれなかった」

「だが、そうならなかった」

「僕は運がよかったって事？」

「そうとは限らない」

サンプルの檻の一つから炎が噴き上がった。

彼は目を瞠《みは》った。

「見たか？」

彼はがくがくと首を縦に振った。

「今の炎の意味がわかるか？　あれは不特定超越現象――所謂《いわゆる》超能力だ。おまえにはできない事だ。つまり、その観点から言うと、運がいいのはおまえの方ではない」

「今のは……あの子が出したの？」

「あの子？　あのサンプルを呼称するなら『十七番』でいい」〈父〉はサンプルの内股《うちまた》の辺りを指差した。そこには「十七」と書かれた刺青《いれずみ》が彫り込まれていた。

彼は自分の肘《ひじ》の内側を見た。そこには「九」と彫られている。

そう。あの子は僕の八人後に造られたんだ。

「どうして炎を出したの？」

「我々もその点に好奇心を持った。それで、特定の刺激により、あの反応を誘発できないかと考察し、電気ショックや熱ショックを含むありとあらゆる刺激を与える実験を行ったのだ。しかし、炎を確実に発生する確実な条件は確認できなかった。どういう事かわかるか？」

今度は無言で首を振った。

「刺激に対する単純な反応ではないという事だ」

「あの子……十七番には心があるって事？」

「心？　それは客観的な観察の対象ではない。したがって、我々は心を取り扱わない」

「でも、心って、あるよ」

「それはおまえの主観的な体験に過ぎない。それは科学ではない。単なる感想だ」

「でも、脳波とかを調べれば……」

「どんな下等生物でも電気信号を発する。さらに言うなら、半導体回路からでも発する。脳波を発するから心があるというのは世迷言《よまいごと》だ」

彼は十七番に近付いた。

十七番の身体の大きさは三、四歳の幼児ぐらいだろうか。顔を含む全身のあちらこちらに膿《うみ》とも体液とも付かないものに塗《まみ》れた包帯が巻きつけられている。口の部分は露出していて、極度の乱杭歯《らんぐい》を嚙《か》み締め、血が流れ出している。その口からはぐうぐうと唸《うな》り声のような声が漏れ続けていた。

「包帯を替えてあげないの？」

「その必要はない。この檻は滅菌処理がなされている。感染の可能性は極小さいものだ」

「でも、なんだか苦しそうだよ」

「それはおまえの感想に過ぎない。あのサンプルが苦痛を感じているという客観的な根拠を示せるのか？」

彼はできるだけ、優しく呼び掛けた。「十七番君、僕の声が聞こえる？」

十七番は微《かす》かに蠢いた。

彼は〈父〉の方を見た。「今、動いたよ」

「そいつはしょっちゅうもがいている。なんの根拠にもならない」

「いいかい、十七番君？　君は自分の意思で炎を出す事はできるの？」

十七番はもがいた。

「いつでも自由に出せる？」

十七番は動かなかった。

「炎を出すのは難しいの？」

十七番はもがいた。

「何度も続けて出す事はできる？」

十七番は動かなかった。

「じゃあ、二回ぐらいならできる？」

十七番は動かなかった。

「一度だけならできる？」

十七番はしばらく動かなかったが、数秒後少しだけ蠢《うごめ》いた。

「頑張れば、なんとか出せるって事？」

十七番は蠢いた。

「今日は、さっきもう出しちゃったものね」彼は残念そうに言った。「でも、十七番君、なんとか君の力を父さんに見せてあげたいんだ。頑張って、一度だけ出せないかな？」

十七番は蠢いた。

「じゃあ、お願い。今、炎を出して」

ぽっと、青白い炎が一瞬檻の上に現れた。

「今の見た、父さん?!」彼は興奮して叫んだ。

「ああ？　今、ちょうど余所見《よそみ》をしていた。何かあったのか？」

「十七番君」彼は肩を落とした。「もう一度だけ無理かな？」

十七番は動かなかった。


「外に行ってみないか？」ある日、〈兄〉が言った。

「もう外にいるよ」

「部屋の外っていう意味じゃない。この建物の外に行くって事だ」

「僕たちは外では生きられない」

「父さんたちの言った事を信じているのかい？」

「嘘だと思ってるの？」

「わからない。ただ、試してみる価値はあるんじゃないかと思ったんだ」

「死ぬかもしれないのに？」

「ここにいても殺されるかもしれない」

彼は息を飲んだ。「兄さんも言われたの？」

「ああ。僕には価値がないらしい。……その口ぶりじゃあ、おまえも言われたのか？」

彼は頷《うなず》いた。

「だったら、失うものは何もない。一緒に外に行こう」

「殺されると決まった訳じゃない」

「殺されるとわかった時点じゃ手遅れなんだよ。決まったら、あっという間に実行される」

「二人だけで逃げるの？」

「価値がないと言われたのはおまえと僕を含めて八人だ。そのうち何人かは一緒に来るはずだ」

「到底逃げられないよ。もしそんな事ができるのなら、とっくに誰かがやってるよ」

「何人かが協力すれば不可能じゃない。倉庫に外への扉が付いているのは知ってるだろ？」

「外への扉かどうかは知らないけど、確かに大きな扉が付いているね」

「週に一度大量の物資があの扉から運び込まれる。その時に倉庫に隠れていれば、外に出られる」

「見張りがいるだろ」

「だから大勢でやるんだ。父さんたちは僕らが外に行きたいなんて夢にも思ってないはずだ。だから、見張りがいたとしてもとっても手薄だと思う。大勢で飛び出して、ばらばらの方向に逃げれば、全員を追い駆けるのは無理だ」

「でも、何人かは捕まってしまうかも」

「ああ。捕まってしまうかもしれない。でも、捕まったって何かを失う訳じゃない。どうせ死ぬんだ」

「少し考えてもいいかな？」

「考える時間はない。倉庫の扉が開くのは明日だ。今日から準備しておかなければ間に合わない。もし計画に参加する気があるのなら、今すぐ答えてくれ」

「参加しないと言ったら？」

「この話はこれまでだ。僕たちはおまえ抜きで脱走をする。二度目のチャンスはおそらくないだろう」

「僕が父さんたちに脱走計画の事を教えるかもしれないよ」

「話さない事を信じている。計画を成功させるためには仲間を増やす必要がある。これは避けられないリスクだ」

彼は唇を噛んだ。

密告をする気はさらさらなかった。問題は脱走に参加するか否かだ。脱走をすれば当座の命は助かるかもしれないが、全く未知の世界で生きていかなければならなくなる。外の世界の事は娯楽として与えられる本やビデオを通じて知っているが、そんなものはほんの断片に過ぎないだろう。一方、ここに残れば当座の生活は守られるが、それがいつまでも続くという保証はない。ある日、突然抹殺される可能性もある。仮に殺されなかったとしても残りの人生を厄介者として過ごさなくてはならない。到底即答できるような質問ではないが、今彼はその質問に即答するように要請されている。

喉《のど》が渇く。

彼は深呼吸した。「僕も脱走に参加するよ」

「よかった。仲間にならないんじゃないかって内心ひやひやしていたんだよ、九番」

〈兄〉の顔は喜びに綻《ほころ》んだ。「じゃあ、今から相談するから、談話室で……」

「ちょっと待って。僕は少し遅れていくよ。やらなければならない事があるんだ」

「やらなければならない事? おまえまさか、やっぱり密告するつもりなんじゃ……」

彼は首を振った。「違うよ。僕たちがここから出るのなら、是非とも持っていかなくてはならないものがあるんだ」

「重要なものか?」

「うん。父さんたちや母さんたちにとっては」

「そんな大事なもの持ち出せないだろ」

「大丈夫。偽物があるんだ。それと取り替える」

「偽物だって、すぐにばれるだろ」

「見ただけじゃ区別が付かないんだ。特別な方法を使わなければわからない」

「その方法を使ったらどうするんだ？」

「父さんたちが偽物じゃないかと疑ったらね。でも、疑う理由はない。……僕たちが外に出たと気付くまでは。それまでは、貴重なサンプルだと有り難がってると思うよ」

1

日がゆっくりと傾き、徐々に影を伸ばし始める様々な伽藍《がらん》が建ち並ぶ境内。そこから潮が引くように観光客たちが立ち去ろうとしていた。

その中にぽつんと取り残されたように二人の少女がきょろきょろと周囲を見回していた。

「ねえ。ここって何時までだったかな、ひとみ？」金髪碧眼《へきがん》の少女が尋ねた。

「拝観時間の事？」ひとみと呼ばれた黒髪の少女は首を捻《ひね》った。「確か五時じゃなかったっけ？」

「今、四時半よね」

「あら。もうそんな時間？　だったら、そろそろ外へ出なくっちゃならないわ、ジーン」

「ちょっと待って。一つ提案があるんだけど」ジーンの瞳《ひとみ》が悪戯《いたずら》っ子のように輝いた。

「このまま出ないってのはどう？」

「何、言ってるの？　そんな事できる訳ないじゃないの」

「そうかしら？　考えてみて。こんな広い境内の隅から隅まで見て回れる訳ないわ。見付からないでおくって、結構簡単じゃないかしら？」

橘《たちばな》ひとみは東京暮らしの大学生。アメリカからの交換留学生のジーン・モルテンを伴って関西の観光に来ている。

実のところ、ひとみとジーンの間にそれほど深い付き合いはなかった。それどころか、ジーンはとびきりの美人で、抜群のスタイルをしているから、近寄ると、なんだか自分が相対的にみすぼらしく見えるんじゃないかと多少敬遠していたところすらあった。ところが、ジーンと旅行の約束をしていた友人が急病で行けなくなったという事で、同じ学科内で代わりの同行者を募り、ひとみが見事当選したという訳だ。

今までほとんど喋《しゃべ》る機会がなかったので、ひとみはジーンの事をアメリカ人にしては引っ込み思案で大人しめの性格だというぐらいにしか思っていなかったのだが、こうして実際に旅行してみると、結構明るい性格だという事がわかってきた。内気に見えたのは言葉の問題と見ず知らずの外国に来た心細さが原因だったのかもしれない。その点、ひとみは英語を何不自由なく使いこなせたので、ジーンもすっかり心を許してくれたのだろう。

しかし、ジーンが突然こんな大胆な提案をするとは、さすがに想定の範囲外だった。

「ちょっとジーン、自分の言ってる事の意味わかってる？」

「ええ。わかってるわ。でも、宗教施設なんだから、時間制限するのっておかしいと思わない?」

「おかしいって、あなたそもそも仏教徒じゃないでしょ」

「わたしが信者じゃないのはたまたまであって、仮令《たとえ》信者だったとしても時間が来れば出なくちゃならないんでしょ?」

「普通はそうじゃない?」

「宗教を名乗るなら、いついかなる時だって信者に対して広く門戸を開くべきなのよ」

「こういう歴史的な史跡は普通のお寺とはまた違う役割があるんじゃない?」

「有名な史跡だからこそ、広く信者を受け入れなくちゃおかしいわ。知名度が高いんだから、ある意味仏教の代表みたいなものだもの」

「で、わたしたちが拝観時間終了後に境内に潜んでどういうメリットがあるの?」

「メリットとかじゃなくて、その行為そのものに意味があるのよ」

「抗議行動のつもり?」ひとみは少し不安になった。

ジーンってそっち系の娘《こ》だったのかしら?

「いや。マスコミが飛び付くような事件じゃないから、殆《ほとん》ど抗議にはならないわよ。わたしは純粋に行為そのものに意味を見出《みいだ》しているのよ」

「何を言ってるのか、よくわからないわ」

「つまり、ちょっとした冒険よ。小さな規律違反をして、わくわく感を楽しもうって事よ」

「まあ。呆《あき》れた」

そうは言ったが、ジーンの提案に魅力がある事も確かだった。

ここ傍流寺《ぼうりゅうじ》は奈良でも有名な寺院の一つだった。ここの夕暮れの情景を見てみたい気もする。

周囲を見渡すと、いくつもの伽藍が犇《ひし》めき合っていて、ちょっとした迷路のようになっている。なるほど、ジーンの言う事にも一理ある。ここなら本当に見付からずにいられるかもしれない。

「でも、もし見付かってしまったらどうするの？」ひとみはとりあえず懸念を表明しておくことにした。「わたし、留置場に入るのなんか嫌よ」

「大丈夫よ。迷って出られなくなったって言えばいいのよ」

「子供じゃあるまいし、そんな言い訳通じないって」

「わたしアメリカ人だから大目に見てもらえるって」

「あなた嫌なタイプの外国人になってるわよ」

「この国は欧米人に甘いんだから、利用しない手はないわよ」

「わたしは日本人なんだけど」

「東洋系のアメリカ人のふりすればいいのよ。わたしと一緒にいれば信じるって」

「う〜ん。乗っかっちゃっていいのかなぁ？」

そうこうしているうちに五時になり、拝観時間終了の放送が流れた。

「ほらほら。こっちに来て」

ジーンに引っ張られ、いつの間にか建物の陰に隠れるはめになってしまった。

「ちょっと何してるの？　こんなの拙《まず》いって」

「もう手遅れよ。今更出られないわよ」

気が付くと、もう参拝者は誰もいなくなっていた。

「こっちこっち」ジーンは人気がないのを確認すると、物陰から出て、西の伽藍の回廊の内側に入っていった。

ひとみも渋々後を追う。

あらら。これじゃ完全に共犯者だわ。

断るチャンスはいくらでもあったのに、ついついジーンの口車に乗ってしまった。アメリカ人ってみんなこんなのりなのかしら？　それとも、やっぱりジーンだけが特別？

「ほら。こっちに隠れて。見付かっちゃうじゃない」

出そびれた拝観者がいないかを確認するかのように、ゆっくりと周囲を見回しながらやってくる人影がある。

二人は背を丸めて、木陰に隠れた。

もうこうなったら、最後まで隠れ通すしかないようね。ああ。わたしの馬鹿！　木といっても、そんなに太くはない。やり過ごすには根本に殆ど腹ばいになるような格好だ。

「この状態で見付かったら、絶対に言い訳できないわよね」

「お祈り中だと言えばいいじゃない」

「どこの国の宗教よ？」

「知らない。きっと中央アジアかどこかだわ」

「そんないい加減な事で押し通す気？」

『ワタシ、言葉ワカリマシェーン』と言っとけばいいのよ」

ジーンの様子はかなりこなれたふうだった。

ははん。ジーンたら初めてではないようね。いつもこんな事やってるのかしら？　なら、言い訳も彼女に任せておいた方がいいみたい。

人影は回廊に戻り、夕闇の中、ゆっくりと門が閉じた。

「あっ！　ちょっと待って」ひとみは人影に声を掛けて走り寄ろうとした。

人影が振り向いた。

だが、ジーンに抜かりはない。ひとみは口を押さえられ、ずるずると引き摺《ず》られて、金堂の後ろへと連れて行かれた。

人影はしばらくこっちを見ていたが、気のせいだとでも思ったらしく、門を閉めた。

「ちょっと何するのよ?!」ひとみは口に被《かぶ》っていたジーンの掌《てのひら》をもぎ取ると、抗議した。

「閉じ込められちゃったじゃないの！」

「閉じ込められる？」

「わたしたち回廊の中に閉じ込められたのよ。どうせなら、回廊の外にいたかったわ」

「どうして？」ジーンは屈託なく言った。

「どうしてって、回廊の外にいれば、いろいろな建物が見られたじゃない。回廊の内側には金堂と五重塔しかないわ」

「それで充分じゃないの」

「わざわざ夜の傍流寺に紛れ込むだなんて不謹慎な事して、見られるのがこの二つだけって酷《ひど》くない？」ひとみは携帯電話を取り出した。「やっぱり外に出して貰《もら》う。あれ？」

「どうしたの？」

「電波が無くなってる。さっきまでアンテナ五本立ってたのに」

「まさか」ジーンも携帯を取り出して目を丸くした。「本当だ」

「ちょっとこれどういう事？」

「知らないわよ。省エネかなんかのため傍流寺の基地局をオフにしたんじゃないの？」

「基地局のスイッチ切るなんて話聞いた事ないわよ！」

二人が言い争っているうちに日は暮れた。ぼんやりとライトアップされた伽藍《がらん》が聳《そび》えている。

「こういう限られた空間に二人っきりで閉じ込められてるからロマンチックなんじゃない」ジーンはひとみの肩に手を置いた。「じゃあ、また今度彼氏とでも来たら？」

「あら。わたし彼氏なんて……」

ジーンが何か言おうとした時、境内に低い音が響いた。

「何、今の？」ひとみが言った。

「おかしい！　何か手違いがあったのかしら？」

「とにかく出口がないか探しましょう。ここで地震に巻き込まれたりしたら、最悪だわ」

「ちょっと待って！」ジーンが叫んだ。「また何か聞こえない？」

今度は人々が走るような音が聞こえた。

「ラッキー、誰かがわたしたちが取り残されているのに気付いて、助けに来てくれたんだわ」ひとみが喜んだ。

「取り残されたんじゃなくて、わざと潜んでたんだって」ジーンは不服げに言った。「でも、警備員が気付いたにしては、足音が多過ぎない？　念のため、もう一度木陰に隠れて」

「ちょっと、どういう事よ？」

「様子を見るのよ。姿を見せるのは安全だとわかってからでいいでしょ」

突然、足元に冷気が広がった。

しゃがんでいると吐く息が白くなる。

「何これ？　急に寒くなった？」

「黙って。あれを見て」ジーンが回廊の上を指差す。

それは人の姿だった。ローブのようなものを纏《まと》っている。

「あの人、あんな高いところを走って大丈夫なのかしら？」ひとみが呆れたように言った。

「違うわ。あの人、走ってなんかいない。足の動きをよく見て」

「あら。あんまり動かしてないわ。じゃあ、歩いてるのかしら？　でもそれにしては移動するのが速いわね」

「あんまりじゃなくて、全然足を動かしてないのよ」

「屋根の上を滑ってるって事？　ローラースケートか何か？　それとも、回廊の屋根の上、凍ってるの？」

「わざわざそんなとこでスケートする意味ある？」

「何かのパフォーマンスでしょ」

「誰も見てないとこでパフォーマンスしてどういう意味があるの？」

「あれよ。回廊の外側に何十人もいるのよ。さっきの足音はそれよ」

「あの位置だと、内側に落ちる確率が高いわ。それなのに誰も回廊の内側にいないなんて変よ」

「そう言えば、そうね。訊《き》いてみようか」

ひとみが立ち上がろうとするのをジーンが手を摑《つか》んで強引に引き戻した。「何考えてるの？　まともな人じゃなかったら、どうするつもり？」

「まともじゃない人って？　妖怪《ようかい》とか、宇宙人とか？」

「そういうのじゃないかもしれないけど、犯罪者の可能性はあるわ」

「犯罪者？　夜の傍流寺に忍び込んだから？　だったら、わたしたちのお仲間じゃない」

「忍び込むだけの愉快犯ならいいけど、なんだかちょっと違う感じよ。見てみて」

「さっきまでと同じよ」

「足元よ。足元を見て」

「足元？……えっ⁈」

「どう見える？」ジーンが戸惑ったような様子で尋ねた。

「足元が屋根にくっ付いてないわ」

「わたしの見間違いじゃないって事ね」

「でも、どういう事？　幽霊？」

「幽霊にしちゃあ、はっきり見え過ぎているように思うけど」

「だったら、さっき言ったように宇宙人か妖怪？」

「わたしにもだんだんそう思えてきたわ」

「どうする？」

「さあ。どうすればいいかしら？　宇宙人とか妖怪に遭遇した場合の対処法って知ってる？」

「前に聞いたような気がするわ」ひとみは記憶を辿《たど》った。「アメリカの大統領の誰かがアインシュタインか誰かに訊いたんじゃなかったっけ？」

「ずいぶんあいまいな記憶みたいだけど大丈夫？」

「『絶対にこっちから攻撃してはいけない。とにかく逃げろ』だったかしら？」

「別にアインシュタインじゃなくたって、思い付きそうな作戦ね」

「普遍的な考えだという事は的を射ているって事じゃないかしら？」

「では、攻撃はしないという方針でいくわ。次はどこへ逃げるかだけど」

「回廊に閉じ込められているから逃げようはないわ。だから、さっき回廊に隠れるのに反対したのよ」

「今更、揉《も》めたってどうしようもないわ。逃げられないのなら、じっと隠れるしかないわ」

「それだったら、さっきから実行してるわよ」ひとみは顔を俯《うつむ》け、丸まった。

「でも、このままやり過ごせるなら、結構いい作戦かも……」ジーンの言葉が途切れた。

「やだ。あいつ、降りてくる」

「わたしたち、見付かった？」ひとみが尋ねた。

ジーンは首を振った。「慌てる様子が全然ないから、まだ見付かってないみたい」

「じゃあ、なんとかやり過ごせそうね」

「いや。そうでもないみたい。新しい問題発生よ」

「夜の傍流寺でお化けに逢《あ》う以上の問題って何よ？」ひとみは顔を上げた。

いつの間にか屋根の上にさらに数十人の人物たちが現れていて、今まさに地面に向かって降り立とうとしていた。

「駄目。絶対に見付かっちゃう！」ひとみは目を回しそうになった。

「落ち着いて」ジーンは冷静な態度を崩さなかった。「向こうだって拝観時間が終わった境内に人がいるなんて思ってないんじゃないかしら？」

「宙に人が浮く事よりはありそうだけどね」

「比較すればそうかもしれないけど、実際問題として向こうはわたしたちの存在を想定していないと思うわ。違う？」

「ええ。確かにわたしたちの存在は思ってもみないでしょうね」ひとみは同意した。

「人はあると思ってるものしか探さない」

「そりゃそうだけど」

「だから、わたしたちって結構見付かりにくいはずだわ」

「でも、万が一、目に留まったらお仕舞いよね。あいつら宙を飛べるんだから」

「それだって、何かのトリックだという可能性が高いわ」ジーンは言った。

「わたしたちの事を想定してないっていうのにどうしてわざわざトリックなんか使うのよ？」

「そこが問題よね。どうして彼らはトリックを使うのか？　やっぱり誰かに見られる事を想定しているのかしら？」

「だとしたら、わたしたちやばくない？」ひとみは泣きそうになった。

「やばいったって、今更どうしようもないでしょ」

すでに十人以上の人影が地面に降り立っている。ワイヤで吊《つ》っているというよりは大きな鳥がふんわりと着地するような様子だ。先に着地した者たちは後続の者を待たず、移動を始めた。

「あっ。ちゃんと歩くんだ」ひとみが小声で言った。

「宙に浮くのは何かを乗り越える時だけって事ね」

「五重塔の方に向かってるわ。何をするつもりかしら？」

「考えられるのは窃盗団って事ね」ジーンが言った。

「窃盗団？」

「傍流寺程の名刹《めいさつ》なら国宝級の仏像が山ほどあるでしょ」

「有名過ぎて却《かえ》ってさばきにくくない？」

「盗品だという事を知って買うマニア相手ね。もしかしたら、そういうマニアの依頼で動いているのかもしれない」

「だとしたら、わたしたちが見てる事がばれたらどうなるの？」

「消されるかもね」

「冗談だよね」

「冗談が言えるような度胸が欲しいわ」ジーンは真剣な面持ちで言った。

風でローブが煽《あお》られ、何人かの顔が見えた。一様に顎鬚《あごひげ》を蓄えた男性だ。年齢はよくわからないが、白人にも東洋人にも見えた。足は裸足《はだし》だ。ぐるりと五重塔を取り囲み、両手を挙げると目を瞑《つぶ》った。

「何かの儀式かしら？」ジーンが呟《つぶや》いた。

「これ何かの宗教よね。余計に怖くなってきたんだけど」

風が吹き出した。

五重塔に向かって冷たい風が吹いている。

その事実に気付いたひとみはぞくぞくとした悪寒に襲われた。

あれは単なる儀式なんかじゃない。実際になんらかの効果がある行為だったんだわ。

ひとみは逃げ出したい衝動を抑え付けた。

ここで走り出したら、逆効果だ。あいつらに自分の存在を示す事になってしまう。

ぱち。

何かが爆《は》ぜるような音が響いた。

一瞬、空耳かとも思った。

ぱち。ぱち。ぱち。

だが、その音は続けざまに夜の境内に響き渡った。

ひとみは激しい胸騒ぎを覚えた。

何かあってはならない事が起きようとしている。そんな予感がしたのだ。

ぱちぱちぱちぱちぱちぱちぱちぱちぱちぱちぱちぱち。

突如、目の前に火柱が立った。五重塔の根本付近から眩《まばゆ》い炎の柱がほぼ垂直に立ち上っている。

凄《すさ》まじい熱を受け、ひとみとジーンは汗ばみ出した。

男たちは凄まじい熱気を受けながらたじろぎもせずにじっと塔を取り囲んでいる。

塔は明るく輝き、千数百年の時を経た木材がぱちぱちと弾《はじ》け、落下していく。

「これ窃盗どころの騒ぎじゃないわ」ひとみはがくがくと震え出した。

ジーンはごくりと唾《つば》を飲み込んだ。「国宝を……世界最古級の木造建築物をあいつら燃やしてるの？　普通じゃないわ、あいつら」

「普通じゃないって事は宙を飛んでる段階でわかってたけどね」

「ええい埒《らち》が明かぬわ!!」突然、一人の男が男たちの輪に割って入った。

今まで気付かなかったが、一人だけ他の者たちと違うものを身に纏《まと》っている人物がいた。

男性の顔ははっきりと東洋系だとわかったが、西洋式の鎧兜《よろいかぶと》を着けていた。

「あいつがボスかしら？」ひとみは呟いた。

「まあ、一番偉そうではあるわ」

「おまえらそれが精一杯か?!」鎧の男が大声で叫ぶ。

見付かることを全く恐れていないらしい。それがまた不気味であった。

鎧の男は胸の前に両手を上げ、まるで見えないバレーボールサイズの球を持つかのようなポーズをとった。

「はっ!!」

男の手の間から青白い光球が飛び出し、五重塔を直撃した。

爆発が起こり、火炎が飛び散る。猛火が立ち上り、一瞬で屋根を焼き払った。

そこに残っていたのは炎の竜巻の中で揺れる心柱と相輪だけだった。

強烈な熱線が二人を襲う。髪の毛や服からちりちりと煙が立ち、嫌な臭いが鼻をついた。

「熱い！」皮膚が焼けるような感覚にひとみは思わず声を上げてしまった。

男たちが一斉にひとみたちの方を見た。

だが、鎧の男だけは背中を向けたままだった。

「なんだ、おまえら今頃気付いたのか⁈　その女たちは最初からここにいたぞ‼」

男たちは二人に向かって走り出した。

「やれやれ‼　面倒な事などせずに放っておけばよいものを‼　どうせ火の海に巻かれて死んでしまうわ‼」鎧の男は高笑いした。

「ど、ど、ど、どうするの⁈」ひとみは金切り声を上げた。

「決まってるでしょ！　逃げるのよ！」ジーンはひとみの尻《しり》を叩《たた》いた。

「逃げるってどこへよ⁈」

「そんなの考えている暇はないわ。とにかくあいつらから離れるの！」

二人は絶叫しながら、男たちから逃げ出した。

だが、すぐに壁に遮られた。

ここは回廊の内側なのだ。どこにも逃げられない。

男たちはある程度の距離まで近付くとぴたりと止まった。そして、ゆっくりと手を上げた。

二人の周囲の地面から湯気が立ち上る。

「何、これ？　火が出るの？　わたしたち、焼かれるの？」

「熱っ！」ジーンが履いているパンプスの踵《かかと》が溶け出している。

「靴脱いだ方がいいのかしら？」ひとみが言った。「足の裏が焦げちゃいそう」

「駄目よ。靴を脱いだら、直接足の裏の皮膚が焼かれるから。できるだけ我慢するの」

二人の周囲の地面が火を噴き出した。

「足の裏が炙《あぶ》られてるわ！」

二人は炎の上を走ろうとしたが、すぐに火に巻かれた。

「ひとみ、息を止めて！　吸ったら、炎が肺の中まで入ってくるわ」

だが、全身は炎に包まれつつあった。まだ火傷《やけど》までには至っていないが、水分がどんどん抜けていくのがわかった。あと一秒も経てば皮膚が熱に耐えきれなくなる。

最期の時がきたのだわ！

ひとみははっきりと自覚した。

その時、男たちの間で爆発が起きた。

何？　あいつら自分たちも焼いちゃうの？

爆風で炎が吹き飛ばされた。

ひとみもジーンも何メートルか飛ばされた。煤《すす》だらけだが、まだ大きな火傷はしていない。

男たちの半数はその場に倒れていた。多くは怪我をしていて、酷《ひど》い者は顔が焼け爛《ただ》れていたり、腹から焦げた腸《はらわた》がはみ出していたり、首がねじれていたり、肋骨《ろっこつ》がとび出していたりしていた。

「何が起こったの？」ジーンが頭を押さえながら言った。

「わたしも訊《き》きたいわ」

鎧の男が回廊の屋根を見上げた。「ヴォルフ、おまえもしつこいやつだな!!」

屋根の上にはまた別の人物がいた。カウボーイハットを被《かぶ》り、貫頭衣を身に纏っている。

「あいにく俺にはあんたらのような超能力はなくて、しつこいのが唯一の取り柄なんでね、赤鬼丸《せっきまる》」

ひとみとジーンは新たに現れた人物をぼうっと眺めるばかりだった。

ヴォルフと呼ばれた男性は屋根の上にロープを引っ掛け、するすると降りてくる。

「また、新しいの来たぁ！」ひとみはヴォルフを指差した。

「彼はちょっと違うんじゃないかしら？　宙を飛ばずにロープで降りてきてるし、それにあの格好はなんとなく、インディ・ジョーンズっぽいし」ジーンはじっとヴォルフを見詰めていた。

「だから何？」

「信頼してもいいんじゃないかしら？」

「世の中のたいていの男性は宙に浮いたりしないけど、浮かない男性全員を信頼している訳じゃないよね」

「そりゃそうだわ」

「だったら何？　まさか、インディ・ジョーンズっぽいから信用できるって言いたいの？」

「別に根拠なんかなくていいのよ。わたしたちにはヒーローが必要だわ」

「あいつもこいつらの仲間かもしれないじゃない」

「そうかもしれないけど、そうじゃないかもしれない。でも、今わたしたちは彼を信じるしかないのよ。少なくとも、彼の登場で新たな展開が見えてきたわ」ジーンは力説した。

ヴォルフは二人に向かって、全力で駆け寄ってくるように見えた。「何をしている?!　早く逃げるんだ！」

「どっちに逃げればいいのよ?!」ひとみは金切り声を上げた。

「こいつらのいない方にだ！」ヴォルフは叫ぶ。

倒れていた男たちが立ち上がり始めた。驚くべき事に瀕死《ひんし》の重傷を負っていた者たちも平気で立ち上がった。

こいつら、麻薬か何かで痛みが麻痺《まひ》しているのかしら？

だが、爆発の煙が晴れる中、ひとみは信じられないものを目撃した。

男たちの傷が目の前でみるみる治癒していくのだ。まるで手品を見ているようだった。

「後ろに下がれ！」ヴォルフは何かを手に持っている。「チャンスは何度もない！」

二人は反射的に後ろに飛び退いた。

ヴォルフは何かを男たちに投げつけた。

また、爆発が起こった。

煙で一瞬何も見えなくなったが、やがて倒れ伏している男たちが見えてきた。

「今の何?!」

「たぶん手榴弾《しゅりゅうだん》じゃないかしら？」ジーンが冷静に答えた。

「戦争？　戦争が起きてるの？」

目の前に茶色いものが現れた。ヴォルフだ。男たちと二人の間を遮るように立ちはだかっている。

「今のところはまだ戦争ってレベルじゃないよ、お嬢さん方」ヴォルフは男たちを睨《にら》みながら言った。

「戦闘員ども、ヴォルフの始末はおまえたちに任す!!　俺は舎利の探索に専念する!!」赤鬼丸が命じた。

戦闘員たちはまたゆっくりと立ち上がった。

「こいつらゾンビなの？」ひとみはヴォルフの背中に縋《すが》った。

「似て非なるものだ。ある種の強化人間と言えばいいのか。遺伝子に細工がしてある」ヴォルフが答えた。

「改造人間？」

「ちょっと違うな。普通の人間を改造した訳じゃない。こいつらは超能力を発現するゲノムから創られたクローンなんだ。オリジナルは復活に数日を要したが、こいつらの細胞にはターボ遺伝子が仕込んであって、数分間に短縮されている。ただ、エネルギーの消費も甚だしいから動くのがやっとの状態だ」ヴォルフは貫頭衣の下から筒の短い銃を取り出した。「それ以上、近寄るな。頭を吹っ飛ばすぞ！」

だが、戦闘員たちはじりじりと間合いを詰めてくる。

ヴォルフは引き金を引いた。

ぼしゅっ！

戦闘員の頭が吹き飛んだ。

二人は絶叫した。

「静かにしてくれ。狙いが逸《そ》れる」ヴォルフは次々と発砲した。

何人かは頭部を吹き飛ばしたが、それには至らず肩や腹部に命中したものも少なくなかった。

「凄《すご》い腕前だわ」ひとみが感心した。

「そうでもない。全員、頭を吹き飛ばすつもりだったんだが……」

「頭を飛ばさなくたって、充分殺傷力はあるみたいだけど？」

「さっきも言ったけど、こいつら生き返るんだよ。個体としての死を迎えても個々の細胞は生きているんだ。所謂《いわゆる》死とは細胞間の連携が断ち切られた状態だ。だが、こいつらの細胞は孤立する事で活性化し、細胞間の連携を再構築する。極めて厄介だ。復活を阻止するには、生存に最低限必要な組織——脳とか心臓とか——を徹底的に破壊しなくちゃならない」

ずるずると血の泥濘《でぃねい》の中から甘ずっぱい腐臭を放ちながら肉塊たちが立ち上がる。

「ううっ。吐きそう」ひとみが呻《うめ》いた。

ヴォルフは銃をしまった。

「どうしたの？　もう撃たないの？」

「ショットガンの弾の手持ちには限りがあるんだ。できるだけ使いたくない」

「それってショットガンなんだ」

「正確に言うと、ソードオフ・ショットガンだ」

「その銃が使えないなら、さっきの手榴弾使うの？」

「手榴弾にだって、限りがある。それに近距離過ぎる」

「じゃあ、素手で戦うの？」

「こいつら、もうかなり弱ってるから素手でも負けはしない。だが、殺すこともできない」

「じゃあ、どうするの？」

「俺にはまだ武器があるんだ」ヴォルフはベルトから尖《とが》った鉄器を取り出した。

「何それ？」ジーンが後退《あとずさ》った。

「槍《やり》先だ。君たちが懼《おそ》れる必要はない」

「そんな小さな槍先が役に立つの？」ひとみが尋ねた。「それとも、これから適当な棒を探して、それに括《くく》り付けて槍にするの？」

「そんな悠長な真似はしていられない」ヴォルフはちらりと赤鬼丸の方を見た。「あいつを食い止めるのが今回の目的だ」

ヴォルフは槍先を逆手に握り締めると、戦闘員たちの中に飛び込んだ。

槍先が戦闘員の一人の胸を掠《かす》る。

ばん！

血が出るのかと思いきや、戦闘員は消失した。まるで風船が破裂するかのように赤い飛《ひ》沫《まつ》になってしまったのだ。飛び散った肉片はぱちぱちと燻《くすぶ》りながら灰となっていく。

「何が起こったの？」

「こいつらの細胞はターボが掛かっているから、弱点に対する反応も極端に加速されているんだ。この槍に触れるだけで、やつらは滅んでしまう」

ヴォルフは戦闘員たちの間を走り抜けた。

ワンテンポ遅れて次々と破裂する。

「そんなのがあるんだったら、最初から使えばいいのに」ひとみが提案した。

「使いたいのは山々だが、こいつは近接戦でしか使えない。こいつらがまともなうちに近付いたら、太刀打ちできないよ」

「なるほど」ジーンが言った。「だからまず手榴弾とショットガンで弱らせたのね」

まだ回廊の中には大勢の戦闘員が残っている。

ヴォルフは疾走しながら、ショットガンで狙い撃ちにしていく。

また一人ずつ槍先で止《とど》めを刺すのかと思ったが、ヴォルフはそのまま赤鬼丸の方へと向かっていく。

「こいつらまた生き返るんじゃないの？」ひとみがヴォルフの背中に呼び掛けた。

「こいつらに構っている暇はない！」ヴォルフは振り返りもせずに叫んだ。「それにこいつらは量産型だから一体ずつ破壊していてもきりがない。いつもは、なるべく相手にしないようにしているんだが、さっきはあんたらを助けるために特別に戦ったんだ」

赤鬼丸は燃え盛る塔の根本に近付いていた。

炎の中に様々な塑像の姿が見て取れた。維摩《ゆいま》方丈、弥勒《みろく》浄土、舎利供養、釈尊涅槃《ねはん》——無数の像を使って、仏典に登場するシーンを再現したものだ。今はそれらすべてが紅蓮《ぐれん》の炎に包まれ、まるで地獄絵巻を見るようだ。

赤鬼丸は再び両手を向かい合わせにし、目を閉じ、精神を統一していた。

かっと目を見開く。両手の間に青白い光球が現れる。

「仏舎利、貰《もら》ったぁ!!」

赤鬼丸の掌《てのひら》の間の光球の輝きが増した。両手を持ち上げ、発射の態勢に入った。

同時に銃声が響く。

発射された光球はあらぬ方に飛び去り、回廊の一部が砕け散った。

ヴォルフが発射した散弾は赤鬼丸には到達せず、すべて火の粉となり、大地に降り注いだ。

「ヴォルフ、小煩《こうるさ》いぞ!!　貴様の攻撃を避《よ》けるために手元が狂ってしまった!!」

「ここで諦《あきら》めるぐらいなら、そもそも来なかったぜ！」ヴォルフは走りながら、手榴弾を投げつけた。

「無駄だということがわからんのか?!」

手榴弾は赤鬼丸の五メートル手前で爆発し、炎をばら撒《ま》いた。

ヴォルフは立ち止まる。「なるほど。おまえの火炎結界の範囲はおよそ半径五メートルという訳か」

「俺の火炎結界の大きさを測るための手段だったのか!!　小賢《こざか》しい真似を!!　だが、それを知ったところで、どうなるものでもない!!」

ヴォルフは赤鬼丸との位置を保ちながら、ショットガンを連射した。

だが、散弾はすべて花火のように吹き散らされた。

「俺の念力放火の威力は戦闘員のものとは桁《けた》が二つは違う!! 弾丸なぞ到達する前に気化してやる!!」

「いくらパワーがあっても使いこなせなきゃ意味がないんだぜ」

「ほざけ、『ひと桁番号』が!!」

「それは蔑称《べっしょう》のつもりか？　俺にはほめ言葉に聞こえるぜ」

赤鬼丸はにやりと笑った。「おまえたちには、俺たちのような人知を超える能力はない。英雄の遺伝子から生まれたとは言え、能力的には単なる一般人と同じだ」

「残念ながら、俺には英雄の血など一滴も流れちゃいないよ。俺もおまえと同じで、糞《くそ》みたいな遺伝子から造られたんだ。だが、英雄は血によってなるものではない。その行いが人を英雄にするのだ」

「おのれ、ヴォルフ!!　偉大なる創設者を愚弄《ぐろう》する気か?!」

「まあ、おまえのクローン元の方が俺のよりもちょっとはましかもな。だが、やっぱりおまえは糞並だ、赤鬼丸。なぜなら、おまえにはこれ程の覚悟はないからだ」ヴォルフは貫頭衣の中に自分の頭を引っ込めると同時に赤鬼丸に向かって走り出した。

「馬鹿め!!　血迷ったか!!」赤鬼丸は小ぶりの火球を片手の五本の指先から発射した。

ヴォルフの貫頭衣に火が走るが、そのまま突っ込んでくる。

赤鬼丸は両手から交互に何度も火球を発射し続けた。

貫頭衣の炎はみるみる広がり、火達磨《ひだるま》となった。ヴォルフは地面に倒れ、赤鬼丸の足元までごろごろと転がった。

赤鬼丸は片手を高く上げた。

その掌中に青白い光が宿った。

「ヴォルフ、そのままじわじわと時間を掛けて焼け死ぬのと、一思いに水蒸気爆発するのとどっちがいい？」

ヴォルフは無言でもがいている。

「もう喋《しゃべ》る事もできぬか?! よし。武士の情けだ。一思いに爆殺してやろう!! 有り難く思え!!」

燃え盛る貫頭衣が舞い上がった。

一瞬、赤鬼丸の動きが止まる。

ヴォルフは屈《かが》んだまま、トマホークを赤鬼丸に向けて投擲《とうてき》した。

気付いた赤鬼丸が避けようとするが、トマホークは鎧《よろい》に覆われていない右の脛《すね》に命中した。

「うぉー!!」赤鬼丸は喚《わめ》いた。

ヴォルフは立ち上がり、逃げ始めた。

「畜生‼」焦った赤鬼丸は自分の脚に刺さったトマホークに向けて、光球を投げ付けた。

トマホークは灼熱《しゃくねつ》し、液化し、飛び散った。

じゅう！

溶けた鉄が食い込み、赤鬼丸の脚が焼け焦げる。

「あああ‼」立てなくなった赤鬼丸は絶叫し、その場に跪《ひざまず》く。

ヴォルフは逃げ続けている。

「糞がぁ‼」赤鬼丸は火炎弾をヴォルフに向けて発射した。

火炎弾はヴォルフの背中に命中した。ヴォルフはそのまま十メートル弾《はじ》き飛ばされ、回廊の壁に激突した。

赤鬼丸は立ち上がろうとしたが、膝《ひざ》まで鉄が食い込んで固まったのか、そのまま倒れ込んだ。

「無駄な策を弄しおって‼」赤鬼丸は自分の太腿《ふともも》に掌を当てると、気合を込めた。

ぼぶぁん！

赤鬼丸の腿が破裂した。

いっきに高温に曝《さら》されたため、腿の中の血液が一斉に沸騰し、水蒸気爆発を起こしたのだ。

脚がするすると地面の上を滑っていく。

腿の付け根からは、ぐちゃぐちゃになった筋組織と骨髄が剝《む》き出しになり、香ばしい湯気を立てていた。

赤鬼丸は苦痛に顔を歪《ゆが》めながら、組織の形を整えた。

傷口からどろどろとどす黒い血が流れ出すとともに、焼け焦げた組織にうっすらと血の気がさしてくる。

「何、これ？」ひとみが呆然《ぼうぜん》と言った。

「わたしたち、巻き込まれたのよ。怪人と……普通の人間の戦いに」

「怪人とスーパーヒーローじゃないの？」

「どうみても違うでしょ。あれは普通の人間だわ」ジーンは吐き捨てるように言った。

「あの人、助けに行かなくちゃ」

「もう死んでるわよ。それより、早く逃げなくちゃ。わたしたちが危ないわ」

周囲を見ると、のろのろと内臓や筋肉を引きずりながら歩き回る戦闘員たちに取り囲まれている。

「どうするの?!」ひとみが泣きながら言った。

「こいつらと戦わなくっちゃ逃げられないみたいね」

「何の武器もないわ」

「ハンドバッグがあるでしょ」

「こんなものなんの役にも立たないわよ」

「だったら、素手を使うのよ！」ジーンはパンプスを脱ぎ捨てると、戦闘員たちに戦いを挑んだ。

大きな傷跡が残る喉元《のどもと》にパンチを当てると、そのまま貫通した。

戦闘員はがたがたと痙攣《けいれん》を続けた。

ジーンはなんとか、手首を引き抜く。

戦闘員はどうと倒れ、ばたばたともがいた。

「ジーン、あなた武道の心得があるの？」

「何年か前、ダイエット目的でボクシングを習ったことがあるのよ」

「そんなんで勝てるんだ」

「やっぱりこいつらだいぶ弱ってるみたい。それに、ヴォルフが作った傷跡がまだ治ってないから、そこを狙うといいわ」ジーンは背後から近付く戦闘員に回し蹴《げ》りを食らわした。

腕が捥《も》げ、転がった。

「うげ！」ひとみは口を押さえた。

しょぼくれた長髪髭面《ひげづら》の戦闘員は落ちた腕を見て困ったような顔をして肩を押さえた。

出血が酷《ひど》く、そのまま膝を突いて倒れこんだ。

「あんたも手伝って、ひとみ！」

「ええっ⁈　わたしそんなの向いてないのよ」

だが、背に腹は代えられない。ハンドバッグを振り回して、戦闘員に叩《たた》き付ける。

戦闘員はふらふらと倒れる。

そこをジーンが踵《かかと》で顔を踏みつける。「なんとかなりそうよ」

「で、どうするの？」

「逃げるしかないでしょ」

「でも、あいつが……」ひとみが赤鬼丸を指差した。

赤鬼丸の右脚は少しずつ再生しつつあった。すでに足首辺りまで伸び、うっすらと白い膜が張っている。

「あいつもまだ動けないみたいだから、今のうちに逃げるのよ」

「待て、女ども‼」赤鬼丸が怒鳴った。

二人はびくりとなって足が竦《すく》んだ。

「逃げられると思うなよ‼　この赤鬼丸をからかいおって‼」

「だから、あんたをからかったのはそこで死んでる人でわたしたちは何もしてないんですって！」ひとみは必死に弁解した。

「いずれにしても、ヴォルフの仲間なら生かしておけぬわ‼」

「いや。仲間じゃないです。今会ったばかりです。ただの通りすがりです」

「通りすがりの女どもを命懸けで守る馬鹿がどこにいる?!」

「あいつはそういうやつなんです。なんていうかヒーロー気取りというか……」

「随分親しそうな口ぶりだな!!」

「だから、それは誤解なんですって」

「ただの通りすがりとか言ってたが、なんでこの時間に傍流寺をうろうろしているんだ?!それも我々が探索に来たその晩に!!」

「それこそ単なる偶然です。わたしたちがそんな特殊な人間に見えますか?!」

「そう見せかけているだけではないのか!! 現に二人で戦闘員を始末したではないか!!」

「だから、もうこいつらは弱っていて……」

「ひとみ、無駄よ。どうせ、こいつはわたしたちを逃がす気はないみたい」

「そっちの女の方が物分かりがいいようだな!! その通りだ!! おまえたちがヴォルフたちと関係があるかどうかなんてどうでもいい!! 問題は我々の行動を目撃したという事だ。俺や戦闘員たちの特殊能力も知られてしまった!!」

「見てないです! 何にも見てないです! わたし近眼で眼鏡なしだと一メートル先の事もわからないんです」ひとみは懸命に主張した。

「往生際の悪い女だ!! じっとしてろ!!」赤鬼丸は火炎弾を投げ付けた。

だが、それは大きくはずれ、地面を穿《うが》った。

「畜生!!　再生中でバランスがとれない!!　まあ、いい!!　どうせ逃げ場はないんだからな!!　事が済むまでそこで待ってろ!!」赤鬼丸は五重塔の方に向き直り、次々と火炎弾を土台に向けて叩き付けた。命中率が悪いのを数でカバーしているようだ。

ジーンはきょろきょろと周囲を探った。

「どうしたの？」

「逃げ場を探してるのよ」

「でも、あいつ逃げ場はないって言ってたわ」

「そんなの信じる事ないでしょ。見落としって事もあるし」

「確かにそうね」ひとみも周囲を探った。「あそこどうかしら？　回廊が崩れているわ」

「さっき、ヴォルフを狙ってはずしたやつね。でも、ここからはかなりあるわ。あの赤鬼丸とかいうやつの横を通っていかなくちゃならないし」

「あいつが五重塔を壊すのに必死になっている間にじわじわと近付くのはどうかしら？」

「全然名案じゃないけど、そうするしかないようね」ジーンが諦《あきら》め口調で言った。

二人は作業に熱中している赤鬼丸の隙を狙って少しずつ移動を開始した。

五重塔はほぼ原形を留《とど》めず、破壊は心礎まで達していた。心柱はすでになく、金属製の蓋《ふた》が付いた石が剥き出しになっている。

赤鬼丸はその様子を見るとにやりと笑い、ひと呼吸置いてからやや大きめの火炎弾を撃ち込んだ。

蓋がはずれると、中から蒸気が噴き出した。

赤鬼丸は宙を飛ぶと心礎の上に降り立った。右脚の再生は進んでいたが、まだ肉や皮膚はできておらず、骨が剝き出しになっている状態だった。まるで理科室の模型のように足の指の骨が一本一本繫《つな》がっている。

赤鬼丸は蒸気で腕が爛《ただ》れるのも構わず、中から直径十五センチ程の銅製の容器を取り出した。それを足元に置くとさらに火炎を浴びせかける。

銅製容器が割れると、さらに金属製の壺《つぼ》が現れた。

赤鬼丸は構わず火炎弾を照射する。

金属製の壺が割れると再び銀色の容器が現れた。

赤鬼丸は舌打ちをした。「ごたいそうなもんだな!! まあ、それだけの価値があるという証拠か!! だが、このまま粉砕していいものか、このままアジトに持ち帰った方がいいのか、難しいところだ!! それから女ども!!」赤鬼丸は振り返らずに言った。「おまえたちの動きはちゃんと把握している!! 動き回るのは構わんがこの回廊から出た途端、炭になるまで焼いてやるから、覚えておけ!!」

二人は縮み上がった。

この男は言った通りの事を必ず実行する。そのような確信めいた思いがひとみの脳裏を過《よぎ》った。

「ジーン、もう駄目かもしれないね」

「駄目かもしれないけど、とにかく逃げるわよ。ここで待っていても殺されるだけだから、逃げた方がまだ可能性があるわ」

「じゃあ、一、二の三で行くわよ。ばらばらに逃げたらどっちか助かるかもね。わたしは右に行くから、ジーンは左に逃げて。せーの、一、二の……」

「その必要はない」背後から声がした。「赤鬼丸があんたらに手をかける前に俺がやつを始末する」

「しぶとい男だな!!」赤鬼丸はやはり振り向かずに言った。「貫頭衣自体は不燃性の素材でできていて、表面に可燃性のオイルか何かを塗っていたという訳か!! はでに燃えるから、俺はつい火炎結界を張るのを怠ってしまった。だから、おまえは俺に充分近付く事ができた!!」

「読み通りだよ」ヴォルフは全身の煤《すす》を払いながらよたよたと歩いている。「馬鹿が相手だとよく引っ掛かってくれるので、とても楽だよ」

「負け惜しみは止せ!! おまえは俺に傷を負わせることはできたが、致命傷は与えられなかった!! すでに再生は完了しつつある!! おまえの企《たくら》みは完全に空振りだ!!」

「そうでもないさ。おまえは再生に集中しなくてはならなくなり、遠距離攻撃が疎かになった」

「だから、どうした⁈ 俺はもう火炎結界を張っている‼ 弾丸も手榴弾《しゅりゅうだん》も無駄だ‼ もう貫頭衣のトリックは使えないから近距離攻撃もできない‼ おまえは完全に手詰まりだ、ヴォルフ‼」

「おまえは誤解しているよ、赤鬼丸」ヴォルフは肩を竦めた。「貫頭衣のトリックはおまえに致命傷を与えるためじゃない。さっきも言ったように、遠距離攻撃を弱める事だけが目的だったんだ。あんな事をしなくても、おまえを殺すのは簡単だ」

「嘘だ‼」

「嘘なもんか」

「もし本当だとしたら、なぜわざわざ危険を冒してまで貫頭衣のトリックをやったんだ⁈ 俺を殺す方法があるのなら、さっさと殺《や》ればいいものを‼」

「まあ、それでもよかったんだけどね。そうなると、万一しくじった時に、そこにいるお嬢さん方に危害が及ぶ可能性があったんでね。だから、まず遠距離攻撃を封じさせてもらった」

「やはり、その女どもはおまえの仲間だったんだな‼」

「いや。初対面だ」

「初対面の人間の命を守るために自分の命を危険に曝《さら》したと言うのか?!」

「ああ。そうだよ」

「俺をからかってるのか?!　それとも本気で俺を騙《だま》そうとしているのか?!」

「からかっても騙してもいない。本当に赤の他人だ」

「仮に本当だとして、何のためにそんな事をする?!」

「俺は英雄になると誓ったんでね」

赤鬼丸は高笑いした。「おまえに英雄の資格はない!!　英雄の遺伝子はおまえでは発現しなかったのだからな!!」

「遺伝子が英雄を作るのではない。行いが英雄を作る。そう言ったはずだぞ。そもそも俺には英雄の遺伝子は入っちゃいないんだが」

「ほざけ!!　今、おまえのために特大の火球を作ってやるから」

「そんなのを待つ程馬鹿じゃない」ヴォルフはボウガンを取り出した。

「何だそれは?!　ショットガンは弾切れか?!」

「弾はまだあるが、もう火炎結界を張ってるんだろ?　一発も無駄にしたくないんだ。俺たちはおまえら程資金が潤沢でないんでね」

「散弾を買う金はなくても、矢ぐらいなら買えるってか?!　全くお笑いだ!!」赤鬼丸は両腕を広げ、胸を突き出し、薄ら笑いを浮かべた。「さあ、撃ってみろよ!!　灰にしてやるから!!」

ヴォルフはボウガンの狙いを定めた。「よし。その位置だ。動くなよ」引き金を引く。

ぼん。

矢は赤鬼丸の鎧《よろい》を突き破り、胸に突き立った。矢羽が発火しているが、鏃《やじり》は無傷のようだ。

赤鬼丸は目を見開いた。「何だ、これは!!」

「何だと思う?」ヴォルフは腰に手を当てた。

「なぜ、燃えなかった?! 矢ではないのか?!」

「矢だよ。鏃以外は」

赤鬼丸は苦痛に顔を歪《ゆが》めながら、胸に刺さる矢を摑《つか》んだ。掌《てのひら》から煙が立ち上る。

「ロンギヌスの槍《やり》先!! 罰当たりな!!」

「こっちにハンディがあるんだから、使えるものはなんでも使わないとな。ボウガンで撃てるようにちょいと工夫したんだぜ」

赤鬼丸は絶叫した。全身から炎が立ち上る。

「さすがは幹部だけの事はある。戦闘員のようには簡単にいかないか」ヴォルフはぽりぽりと頭を掻《か》いた。「まさか、このまま持ち直すって事はないよな。そうなったら、ロンギヌスの槍先がとられちまうが……」

赤鬼丸の骨のみの右脚がぽろぽろと崩れ落ちた。だが、そこに見えない脚が残っているかのように赤鬼丸はバランスを保ったまま直立していた。

炎に包まれ、皮膚が徐々にどす黒く変色していく。やがて鎧に覆われていない顔や首筋、関節部分が膨れ上がり、破裂を繰り返した。血液が沸騰し、その圧力で大きな血管が破裂しているのだ。破裂した瞬間だけ、僅《わず》かな水分が飛び散り、周囲の火の勢いが弱まる。

「ヴォルフ!!」

ヴォルフを睨《にら》む赤鬼丸の眼球が膨れ上がり破裂した。ガラス体が熱で炙《あぶ》られ、小さくなりながら落下する。

槍先を掴む右腕が肘《ひじ》からぽろりと落下した。

すでに炎が鎧を着ているかのような状態だ。

「ヴォルフ!!」赤鬼丸は宙に浮かびあがった。

「ロンギヌスの槍の影響で細胞に潜在する超能力が暴走しているのか？……ちょっと拙《まず》いかも」

灼熱《しゃくねつ》する鎧がばらばらになり、ぼたぼたと落下した。

空中にはすでに概《おおむ》ね炭化した赤鬼丸が浮かんでいる。その胴体の中心部から青白い輝きが漏れ出ていた。

「こりゃ本当に拙い！」ヴォルフは二人の方に走り出した。「逃げろ！　爆発するぞ！」

「爆発するって、何が？」ジーンが尋ねた。

「そんな事訊《き》いている場合じゃないって、早く逃げようよ」ひとみが焦った。

「何が爆発するのかわからないと逃げようがないわ」

「あいつに決まってるだろうが！」ヴォルフが叫んだ。

「あいつって？」

ヴォルフは頭上を指差した。「あいつだ。浮かんでるやつ」

「赤鬼丸とかいうやつ？」

「そうだ。わかってるなら、早く逃げるんだ！」ヴォルフはすでに二人のところに到達していた。そのまま二人の腕を摑んで、回廊の崩壊部分に向けて走った。

「爆発するって？　人間が？」ジーンはなおも食い下がった。

「ああ。人間が爆発するんだ。人間が宙を飛んだり、火を噴いたり、死体が生き返ったりするのと同じぐらい馬鹿馬鹿しい話だが、本当の事なんだよ」

「でも、他のやつらは爆発しなかったわ」

「戦闘員はただ改良された遺伝子から造られたクローンに過ぎない。だが、赤鬼丸のような幹部は発現した遺伝子の能力を増幅・強化するために、体内に原子力電池が移植されているんだ」

「今、何て言った？」

「どうやら、それが熱暴走しているようだ」

雷鳴のようなものが轟《とどろ》き始めた。

赤鬼丸の肉体から四方八方に火柱が噴き出している。

「ヴォーーーールフ!!」それは辛うじて聞き取れたが、もはや人間の声ではなく、獣のそれのようだった。

「伏せろ!!」ヴォルフは二人を回廊に投げ入れた。

青白い閃光《せんこう》が境内を包んだ。

2

倒壊した回廊から抜け出すと、まだ風は激しく吹いていた。爆風に巻き上げられたらしき砂と共に燃え盛る樹木は根本から横倒しになっていた。

五重塔だけではなく、金堂も原形を留《とど》めていない。

空を見上げると、黒い雲が時折青白い光を放ちながら渦を巻いていた。

「あいつ、自爆したの？」ひとみは尋ねた。

「わからないがたぶん違う」ヴォルフはぽつりと答えた。

「どうして、そう思うの？」ジーンが尋ねた。

「自爆する理由がないからだ。あいつのクローン元は立派に自害を遂げたと言われているが、あいつ自身はそれほど達観してはいない。この世に未練たらたらだ。仲間を見殺しにしてでも生き延びるタイプだ」

「よく知ってるみたいね」

「同じ屋根の下に暮らしたこともある。ただ、あいつとは殆《ほとん》ど会話がなかったがね」

「集団生活してたって事？」

「まあそういうところだ」

「会話がなかったって言ってたけど、趣味が合わなかったとか？」ひとみが尋ねた。

「あいつが俺たちをはなから相手にしてなかったんだよ」

「どうして？」

「俺たちができそこないだから」

「できそこないって？」

「俺には超能力が発現しなかったのさ」

「それ普通じゃない」

「俺は超人になるはずだと思われていたんだ」

「あいつみたいな？」

「それどころか究極の超人になる事を期待されていたらしい」

「でも、超人って感じじゃないわ。背も結構低いし。……あら、ごめんなさい」

「いいよ。背が低いのは遺伝なんだ。どうしようもない」

「さっき、クローンて言ったわね」ひとみが尋ねた。

「ああ。つい言ってしまったが、本当のことだ」

「あの戦闘員もクローンなのね」

「あれは最も初期の試作品だ。数々の奇跡を行った聖人の遺伝子に人工的に合成した超能力補強遺伝子——仮にターボ遺伝子と言っておこうか——を注入する処理をして、そのままクローンにしたものだ。やつらはそれで超人軍団を作れると信じていた」

「現にできてるんじゃ？」

「火炎放射や空中浮遊は超能力としては凄《すご》いが、実戦ではたいして役に立たないんだ。クローン一体を造るのには莫大《ばくだい》な経費がかかるから、火炎放射器やホバリングマシンの方が却《かえ》って安く付く。しかも、何らかの原因で、クローンたちは自我が弱く、自分たちの意思で戦闘を遂行するには無理があったんだ。それで、組織——自らMESSIAH《メサイア》と名乗っている組織は強化型の研究を始めた」

「それが赤鬼丸なの？」

ヴォルフは頷《うなず》いた。「MESSIAHは聖人の遺伝子をそのまま使うことを諦《あきら》め、強い個性を持っていた過去の人物たちのゲノムを収集し、そこに聖人のゲノムから抽出した超能力遺伝子を注入したんだ。どのような超能力が発現するか、クローン元の人物の性格がどの程度反映されるかは成長するまでわからない」

「随分効率の悪いやり方ね」

「それはMESSIAHも気付いている。とりあえず、超能力が発現した者の体内には原子力電池が埋め込まれ、超能力を増幅する処置がとられている」

「具体的にどういうメカニズムなの？」

「一見自然法則に反したような事が起こっているのは確かなんだが、超能力自体の正確なメカニズムはよくわかっていない。ただ、超能力を発現した時に脳内の特定の部位で発熱が起こることがわかっている。原子力電池はその部位の冷却と必要なエネルギー物質の生成に使われるんだ」

「エネルギー物質ってブドウ糖とか？」

「ブドウ糖に似ているが、もっと効率のいい物質だ。物質名や化学式は勘弁してくれ」

「わかるわ。極秘なのね」

「いや。ややこしくて覚え切れないんだ」

「強い個性と超能力を発現したものだけが指揮官になれるの？」ジーンが尋ねた。

「そう。赤鬼丸はその一人だ」

「あなたは超能力を発現しなかったクローンなの？」

ヴォルフの表情が強張《こわば》った。「どうして、そう思った？」

「あなたは自分の事を『できそこない』って言った。そして、赤鬼丸はあなたを『ひと桁《けた》番号』と言ってた」

「そう。俺は『できそこない』だ。やつらの基準からすればな。俺は超能力を発現しなかったし、やつらの思想にも共感できなかった」

「思想？　MESSIAHはただの死の商人じゃないの？」

「やつらは売るために武器を製造しているのではない。彼ら特有の超人思想に基づいて、活動しているんだ。人類は超人によって導かれるべきだと」

「確かに、人類の歴史にはそういう側面があるわね」

「歴史上の超人たちは人々の必要に応じて誕生したんだ。よくも悪くもね。最初から人類を統治するための超人を養殖するのとはまるで話が違う」

「『ひと桁番号』って？」

「初期のクローンは軒並み超能力の発現がなかった。後に工程上のミスが原因だとわかったんだが、それらはすべてひと桁番号の個体だったんだ」

「製造番号って事？」

「まあ。そんなもんだな」ヴォルフはきょろきょろと周囲を探している。

「何を探してるの？」ひとみが尋ねた。

「二つのものだ。ひとつは……これだ」ヴォルフは燃え滓《かす》の中から、先の尖《とが》った黒い金属を拾い上げた。

「戦闘員を破裂させたり、赤鬼丸を爆発させたりしたやつね。あいつは、何とかの槍《やり》って言ってたけど」
「ロンギヌスの槍だ。聖骸布《せいがいふ》の方はとんだ食わせ物だったが、こっちは本物だったようで
わずかに残った血液の痕跡《こんせき》から遺伝子が抽出された。だが、それだけでは、野望の実現に
は不足だという事がわかったので、別の遺伝子を手に入れようとした訳だ。それがもう一
つの探し物だ。……あった」
それは奇跡的に崩壊を免れた例の銀色の容器だった。
「ふむ。どうしたものかな」ヴォルフは顎《あご》を撫《な》でた。「これが学術的にも宗教的にも重要
なものだという事はわかってるんだ。だが、万一これが本物で、MESSIAHの手に渡
ってしまうと、とんでもない事になっちまう」
「どこかに持っていって隠すとかどうかしら？」ジーンが提案した。
「どこに隠す？　俺が思い付きそうなところは、向こうも思い付きそうだ。かと言って、
肌身離さず身につけるのもうまくない。俺が殺《や》られたらお仕舞いだからな」
「じゃあ、わたしたちに預けるというのはどうかしら？」
「ちょっと待ってよ、ジーン」ひとみは慌てて言った。「なんだか知らないけど、これっ
てあいつらが国宝の五重塔をぶっ壊してでも手に入れたいほど大事なものなんでしょ。い
くらなんでも、そんな大事なもの預かる訳にはいかないわ」
ヴォルフは頷いた。「これを持っていると、君たちが狙われる事になってしまう」

「わたしたちは目撃者だから、どっちみち狙われるんじゃないの？」ジーンは言った。

「君たちが目撃者だと知ってるものは、もう一人も残っちゃいない」

「あなたがいるわ、ヴォルフ」

「俺はすぐに忘れる事にする」ヴォルフはショットガンを取り出した。

ジーンはびくっとして、飛び退いた。

「心配する必要はない。せっかく助けた君たちに危害を加えるはずがないだろ。ショットガンはこの容器を破壊するためだ」

「えっ？　どうして？」ひとみが尋ねた。

「とりあえず真偽を確認するためだ。もし本物でなかったら、あれこれ悩むだけ無駄だ」

ヴォルフは容器を地面に置き、発砲した。

破裂すると共に小石のようなものが散らばった。

「きゃっ！」二人は悲鳴を上げた。

ヴォルフはその場にしゃがむと、ばら撒《ま》かれた小石のようなものをいくつか拾い上げ、懐中電灯で照らして観察した。「これはガラスやラピスラズリ、真珠、水晶の類《たぐい》だな」

「どういう事？」

「つまり、古代の宝石、アクセサリのようなものだ」

「ガラスが宝石?!」ひとみは驚いて言った。

「産業革命以前はガラスは結構貴重な物質だったんだ。ただ、このガラスは宝石として扱われたのではなく、おそらく宝石を入れていた容器の破片だろう」

「本物だとわかったところで、どうするか結論は出たの？」ひとみが尋ねた。

「えっ？」ヴォルフは驚いたような顔をした。

「どうしたの？　隠し場所を考えなきゃならないんでしょ」

「本物ってどういうことだ？」

「だから、貴重な宝石だってわかったじゃない」

「確かに、これは歴史的な価値のあるものだし、宗教的な意味合いも強い。だが、所詮《しょせん》はただの宝石だ。ＭＥＳＳＩＡＨの野望実現にはほぼ無価値だ。つまり、これは本物ではないという事だ。本物の舎利がなかったから代わりに高価なものを入れたんだろう」

「えっ？」今度はひとみが驚く番だった。「じゃあ、やつらは何を探していたの？」

「だから、舎利だ。人類最高の超能力遺伝子の宝庫だ」

「ここに舎利が埋まっているという言い伝えを信じて、ＭＥＳＳＩＡＨは五重塔を破壊したというの？」

「やつらはそういうやり方を根気よく何十年も続けてロンギヌスの槍先を手に入れたんだよ」ヴォルフは力が抜けたようにその場にへたり込んだ。「とんだ無駄骨だった。こんな事だったら、ＭＥＳＳＩＡＨに盗ませとくんだったよ。……いや。そんな事はないな。ここに来た事でお嬢さん方の命を助けられたんだから、たいした成果だ」

「そう言えば、まだわたしたちお礼を言ってなかったわ」ひとみが言った。「命を助けてくれてありがとう。わたしは橘ひとみ。こっちはジーン・モルテン」

ジーンが一瞬ひとみを睨《にら》んだ。

あら。名前を教えちゃまずかったかしら？

「どういたしまして。俺はヴォルフだ」

「ヴォルフ何？　それとも、何ヴォルフ？」

「俺はヴォルフ。それだけだ。俺がそう決めた」ヴォルフは立ち上がった。「それじゃ、そろそろ立ち去ろうか。まもなく、警察や消防が来るだろうから」

「随分時間がかかるのね」ひとみが呆《あき》れたように言った。

「激しい戦いだったから長時間に感じたけど、実際には十分かそこらしか経ってないのさ」

「これはどうするの？」

「置いていくさ。持っていったりしたら泥棒だ」

「本物の舎利だったら持っていくつもりだったんでしょ？」

「それはまあ人類の将来が掛かってるからな。所謂《いわゆる》緊急避難というやつだ」ヴォルフはさっさと歩き出した。

「ちょっと待って。どこに行くの？」ひとみは慌ててついていく。

ジーンもそれに続く。

「出口だよ」

「こんな時間に開いてたの？」

「まさか」

「じゃあ。どうしたの？」

ヴォルフは無言で南大門を指差した。

それは無残にも吹き飛んでいた。

「ちょっと、あなたなんて事しちゃったの？　国宝なのよ！」ジーンは目を見開いた。

「だから緊急避難なんだって。俺があれをぶっ飛ばして中に入らなかったら、君たちはとっくに殺されてたんだぞ」

「回廊の中に入る時はロープを使ってたじゃない」

「あれはやつらにばれないようにこっそり入ろうとしたからだ。結果的に君たちを助けたから屋根に上った段階でばれてしまったけど」

三人はそそくさと南大門まで進んだ。

サイレンの音がだんだんと近付いてくる。

「じゃあ。ここでさよならだ。もう逢《あ》う事もないだろうが……」ヴォルフは背を向けて立ち去ろうとしたが、突然立ち止まった。「いや。まさかと思うが、一応確認しておこう」

ヴォルフは懐から小さな装置を取り出した。

「何をしようというの？」ジーンが警戒しているようだ。

「用心のため、調べるだけだから」ヴォルフはセンサをジーンに向けた。「大丈夫なはずだ。君たちは建物の陰にいたから直接爆風は受けていない」

ばりばりという音と共に針が振り切れる音がした。

ヴォルフは舌打ちをして、ひとみにもセンサを向けた。「君は彼女ほどの反応はないが、やはりかなり高めだ」

「どうしたというの？」ジーンが問い詰めた。

「君たちの身体にはMESSIAHの超人と接触した痕跡《こんせき》が残ってしまっている」

「痕跡って何？……あっ。やめて言わないで。やっぱり聞きたくない」ひとみは慌てて言った。

「痕跡が消えるまで——丸三日の間は決して出歩いてはいけない。じっと家に隠れているんだ」

「家は東京なんだけど」ひとみが言った。

ヴォルフは額に手を当てた。

「じゃあ、ホテルに閉じ籠《こも》ってるんだ」

「せっかく観光に来たのに……」

「やつらに見付かったら確実に殺されるが、それでもいいのか？」

ひとみははっとした。

そうだ。わたしたち、たった今殺されかかったんだ。それも念力放火を使う怪人たちに。あまりに現実味がない体験だったので、夢を見ているようなつもりになってたわ。

えっ？　夢？　まさかと思うけど、とにかく確認しなくっちゃ。

「痛っ！」

「突然、自分の頬を抓《つね》るような動作は漫画でしか見た事がなかったけど、ひょっとして夢だと思ったのか？」

「普通、思うわよ。目の前で、火を噴く怪人が傍流寺の五重塔を爆発させたのよ！」ひとみは一息ついてから付け加えた。「それから、白人青年がボウガンでそいつをやっつけたの」

「だが、これは現実なんだ。ちゃんと受け入れるんだ。さもなければ、生きられない」

「ホテルに閉じ籠る件は了解したわ」ジーンが言った。「この目で見たんだから、あなたの言う事は信じるしかない。でも、こんな事に巻き込んだ責任はとってくれるんでしょうね」

「本当に俺の言ってる事を理解したのか？　巻き込んだのはあいつらで、俺じゃない。俺は巻き込まれた君たちを助けたんだ」

「どうも納得いかないけど、そういう事にしておくわ。でも、助けたんだから、最後まで面倒見て頂戴《ちょうだい》ね」

「どういう事だ？」

「つまり、痕跡が消えるまでの間、わたしたちのボディガードになってくれって事。言っとくけど、部屋は別よ。同じホテルの同じ階に部屋をとって……」

「駄目だ」

「何ですって？」

「俺は君たちとは一緒に行かない」

「わたしたちを見捨てる気なの？　英雄が聞いてあきれるわ」

「見捨てる気はない」

「だったら……」

「だが、一緒にはいられない。俺が君たちと一緒にいるのを見られたら、もう痕跡がどうのこうのと言っている状況じゃなくなる。君たちは未来永劫《えいごう》ＭＥＳＳＩＡＨのターゲットにされてしまう」

「それってたちの悪いストーカーぐらいの感じ？」ひとみがおそるおそる尋ねた。

「たちの悪い軍隊かそれ以上に悪質だ。一度狙われたら、俺のように訓練された人間でなければ、一分ももたないだろう。俺のように訓練された人間でもいつ殺されてもおかしく織ると、夜の闇の中に走っていった。
「わかってもらって嬉《うれ》しいよ。じゃあな」ヴォルフはいつの間に回収したのか貫頭衣を羽
ない」
「選択の余地はないようね」

「あっ！　待って！」ひとみは慌てて叫んだ。「ひとつ訊《き》きたい事があるの。もしかして
……」

だが、ヴォルフの姿はもう見えなくなっていた。

「どうしたの？」ジーンが尋ねた。

「訊きそびれちゃった」

「何を訊きたかったの？」

「顔の事よ。誰かに似ていると思って……」

「ああ。それなら、わたしも気付いてたわ」

「本当、ジーン？」

「ええ。織田信長にそっくりだったじゃない」

「えっ？」

「ほら、よくある肖像画よ。あれにそっくりだったわ、あの赤鬼丸とかいうやつ」

「あら。そうだったかしら？　全然、気付かなかった」

「じゃあ、あいつの事じゃなかったの、ひとみ？」

「ええ」

「だったら、戦闘員？　あいつらは全員同じ顔してるけど、見覚えはないわ。ただ、あの長髪と髭《ひげ》と痩《や》せた感じは……」

「そうじゃないの」

「だったら、誰？」

「ヴォルフよ」

「ヴォルフ？」

「ええ。わたしヴォルフの顔、絶対どこかで見た事があるの。あなたもそう思わない？」

「そうかしら？　思い過ごしじゃない？」

「とっても気になるのよ。なんだか胸騒ぎがして」

ジーンは溜《た》め息を吐いた。「じゃあ、とにかくホテルに急ぎましょう。とりあえず食料も買い込んでね。痕跡とやらが消えるまで、たっぷり時間があるから、ゆっくりと思い出してね」

3

司祭服によく似たものを着た長身の男が飛び込むように入った部屋はほぼ暗闇だった。窓から入り込む僅《わず》かな光で、その男が激しい息遣いをしているのがわかった。

どうやら、誰にも気付かれなかったらしい。

男は不敵な笑みを浮かべた。

もちろん、そんな事は当然だ。俺は何でも自由に行っていいはずだ。俺にはそれだけの価値がある。俺は他のやつらとは違う。他のやつらは、単に運が良かったという理由で有名になったやつらのクローンに過ぎない。もちろん、超能力遺伝子を注入されてはいるが、それらは元々彼らのものではない。付け焼き刃だ。謂《い》わば、紛《まが》い物の聖人だ。それに較べて、俺のクローン元はそもそもが聖人だった。様々な超能力を発揮していたという記録が残っている。俺はその遺伝子を引き継いでいる。だから、俺こそが真に聖人、そして救世主を名乗るのに相応《ふさわ》しいのだ。そう。誰にも俺を咎《とが》めだてする権利はない。

「グリゴリ、随分と遅いお帰りだな」闇の中に声が響いた。

グリゴリはびくりとした。とっさの事で、相手の位置を把握できない。

闇の中に笑い声が響いた。「随分慌てているようだな。君の能力はこの程度なのかな」

灯《あか》りが点《とも》った。

部屋の中には初老の人物が立っていた。その衣装はグリゴリのものにも似ていたが、遥《はる》かに上質で威厳があった。

「師よ。失礼いたしました」グリゴリは跪《ひざまず》いた。

糞《くそ》が！　本来なら、おまえが跪くべきなのだ。

だが、グリゴリは自分を抑えた。

今はまだその時ではない。俺は冷静な男だ。急《せ》いてチャンスを失ったりはしない。

「こんな夜更けにどこに行っておった？」

「散歩でございます」

「闇夜に？」

「独特の風情がございます」

「なるほど。ところで、その服だが……」〈教師〉はグリゴリの服を指差した。

「こ……これは自分で作りました」グリゴリは慌てて弁明する。「そ……その……我がクローン元からの遺伝記憶がわたしに呼び掛けるのです。わたしはわたし本来の姿にならなくてはならないと……」

「おまえには遺伝記憶なぞない」

「いえ。確かにございます。わたしの数々の能力のうちの一つにございます」

「浮遊、再生の基本能力以外におまえに備わっているのはただ一つの能力だ」

「今は、です。これから遺伝子が本来の働きを取り戻せば、すべて発現する事でしょう」

「おまえに今言った以外の能力が発現する兆候は全くない」〈教師〉は吐き捨てるように言った。

「恐れながら、わたしの能力の片鱗《へんりん》を見逃されているのではと存じます」

「片鱗？　例えばどのようなものだ？」

「心を読みます。たった今わたしは師の心を読みました」

「何の事だ？」

「師はわたしの服装が分不相応だと指摘しようとなさいました。違いますか？」

「違う」〈教師〉は厳しい顔付きのまま言った。「わたしが指摘しようとしたのは、その服にこびり付いているものだ」

グリゴリは慌てて、自分の服を見下ろし、舌打ちをした。

あちこちに点々と真っ赤な染みがついている。

「それは血だな」

一瞬の躊躇《ちゅうちょ》の後、グリゴリは頷《うなず》いた。

「なぜそのようなものが付いた？」

「その……散歩の途中、転びまして……」

「おまえの血だと申すか？」

「わたしのでなかったら、誰の血だとおっしゃるのでしょうか？」

「最近、この近隣の若い娘たちが何者かに殺される事件が頻発しておる。今晩も犠牲者が出たようだ」

「わたしがやったと？」

「否定するのか？　その血をあの罰当たりな科学班に渡せば、すぐに結論が出る事だぞ」

「師ともあろう方が科学班に力を借りる必要があるのですか？」

「やつらの力など借りずとも、真実に到達できる。ただし、それは主観的な体験に過ぎない。多くを納得させるには、客観的な事実が必要だ。不本意な事ではあるが」

「では、師はすでに真実をご存知であるということですね。それなら、なぜわたしにお尋ねなされたのですか？」

「おまえの口から真実を聞きたかったのだ」

「特に重要性のない十代の娘何人かの命が何だとおっしゃるのですか？」

「殺されたうち二人は十歳に満たぬ子供だった」

「ああ。そうだったんですか？　まあ、わたしも別に十代に拘《こだわ》っている訳ではございませんので。それで、わたしをどうなさるおつもりですか？　警察に引き渡すとでも？」

「我々は世俗の法体系には束縛されない」

「では、何が問題なのですか？」

「おまえは、個人的な楽しみのために、MESSIAH自体を危機に曝《さら》している」

「個人的な楽しみですと？　いえいえ。とんでもない。あれは必要な行為なのです」

「年端も行かぬ娘を殺すのがMESSIAHのためになっていると申すか？」

「はい。その通りでございます」

「説明せよ」

「わたしの能力の威力の確認でございます」

「威力だと？」

「つまり、有効性でございます」

「つまり、おまえの力は少女を殺すのにちょうどいいという事か？」

「少女も殺せるのです。少女のみを殺せるという事ではございません」

「では、なぜ屈強な戦士を殺さない？　そうでなければテストにならぬだろう」

「いいえ。少女で充分なのです。わたしの能力は相手が死の瞬間まで、自分に危険が及んでいる事に気付かせないものです。わたしは彼女たちが喉《のど》や腹を切り裂かれる寸前まで、その事に気付かない事を確認すればそれでよいのです。戦士でも少女でも全く同じ事です」

「同じ事なら、戦士を殺せばよいではないか」

「ところが、戦士はあまりそこらにおりませぬので」グリゴリはへらへらと笑った。

「確認のためなら、何十人も殺す必要はなかろう」

「念のためでございます」

「随分念入りに確認したようだのう」

「はい。まだまだ、念には念を入れたいと考えております」

「ふん」〈教師〉は汚いものでも見るような目付きでグリゴリを見た。「その必要はない」

「いえ。わたしは閣下とMESSIAHのため、さらなる確認を……」

「おまえに充分な確認をさせてやろうと言っているのだ」

「つまり、MESSIAHの意思で殺しを行えという事ですね」

「おまえには日本に飛んでもらう」

「日本？　極東で何か問題でも」

「二つの問題が発生した。互いの関係はまだわからない」

「一つは？」

「赤鬼丸が死んだ」

こいつは愉快だ。

グリゴリは思わず吹き出した。「あいつ自分に火でも付けましたか？」

「ロンギヌスの槍《やり》に突かれて死んだ」

「では、ヴォルフが日本にいるのですか？」

「状況を見る限り、そうとしか思えない」

「もう一つは？」

「我々に対抗する組織が我々と戦う準備を整えたらしい。やつらは戦いの場として日本を選ぶようだ」

「問題が起きた時に日本の政府なら言い包《くる》めやすいという事ですね」

〈教師〉は頷いた。「こいつらは早めに潰《つぶ》しておくべきだろう。まずはこいつらを徹底的に叩《たた》け。ヴォルフの始末は他のやつらにやらせる」

「ヴォルフと組織、どちらの方が厄介だとお考えですか？」

「何を気にしておるのだ？」

「わたしと対ヴォルフのチームとどちらをより高く評価されているのかという事です」

「おまえたちは能力の質が全く違う。比較しようもない。また、任務はすべて平等だ」

「まあ、建前としてそうでしょうが、わたしのみ単独任務という事はより高く評価されていると理解してもよろしいという事ですか？」

「自惚《うぬぼ》れるではない」

「はっ?」

「おまえは単独任務など命じられてはいない」

「という事は今回の任務でわたしにパートナーがいるという事ですか?」

ならば、隙を見てライバルの数を減らしておくのもいいかもしれんな。

「ああ。その通りだ。おまえは葵《あおい》とともに任務を遂行する」

グリゴリは目の前が真っ暗になった。

「お待ちください。彼女と一緒では任務の遂行は無理です」

「どういう事だ?」

「彼女は普通ではありません」

「おまえたちはみんな特殊な能力の持ち主だ」

「そういう事ではありません。性格の問題です。彼女は過去になんどか些細《ささい》な理由で仲間を惨殺しています。わたしは彼女を信頼する事ができません」

「心配するな。信頼していないのはお互い様だ。まあ、命が惜しいのなら、彼女を苛立《いらだ》たせない事だな。おまえほどの実力があれば、さほど難しい事ではあるまい?」

4

公園は薄暗い闇に覆われていた。

ジョンは慎重に周囲を見回した。人影は二つ。

照明は公園の風情を壊さぬようにかなり広い間隔で配置されている。ここは郊外というほどではないが、市街地からも適度に離れている。夜中の一時ともなればすっかり人通りは絶える。秘密の集いにはぴったりの場所だ。

だが、それは敵の側にも言える。今夜の集いはジョンの所属する組織が自発的に行うものではない。敵組織——MESSIAH——の工作員同士の連絡がこの場所で行われるという情報に基づいて、やってきたのだ。

ヘッドセットに仕込んだマイクロディスプレイに二つの人影が青く表示された。

味方だ。

だが、ジョンはあくまで警戒を解かない。

MESSIAHは極めて特殊な集団だと聞かされている。信じ難い話だが、超自然の力を操るという。慎重に行動するに越した事はない。

ジョンと二つの人影はちょうど正三角形の頂点の位置を保ちながらゆっくりと近付いた。

「俺のコードネームはジョンだ。今回のミッションのリーダーだ」ジョンは呟《つぶや》いた。

「俺はジャック」ヘッドセットの受信機から声が聞こえた。

「わたしはメリーよ」

正三角形の一辺の距離は約二十メートル。

「これ以上近付かない方がいい」ジョンは言った。

「わたしたちの事を疑ってるの？」

「いや。これ以上近付くと、我々が仲間だと敵に察知される恐れがある」

「やつらがここに来ているなら、すでに察知されてるんじゃないか？　やつらには超能力があるんだろ」ジャックが言った。

「その話は鵜《う》呑《の》みにはできない。しかし、全く無視する事もできない。やつらには、なんらかの特殊能力があると考えて行動するしかないだろう」

「彼らは本当に存在するの？」

「俺たちの『組織』がガセネタで動いているというのか？」ジョンは言った。

「だって、この国の警察も軍隊もやつらの存在に気付いてないなんて不自然じゃない？」

「この国には合法的な諜報《ちょうほう》組織が存在しない。さらに言うなら正式な軍隊も存在しない」

「事実上の軍隊はいるんでしょ？」

「ああ。装備の上では。しかし有事の際に法的な縛りの中でどれだけ機動力を発揮できるかは不明だ。諜報に関しても同様だろう」

「『組織』からこの国の政府に通告する事は可能なんでしょ？」

「それは可能だろうが、まず敵の状況を把握する事が先決だ。情報を漏らすことが果たして得策かどうかはそれから判断する」

「あと気になる情報が一つあるわ。何者かがMESSIAHと交戦したらしい」

「『何者か』だと？　正体不明なのか？」

「ええ。判明しているのは、男性で、貫頭衣を着ているという事だけ」

「貫頭衣の男か……。それだけの情報では敵とも味方とも判断できないな」

「人体を探知。二体だ。川の向こうに一メートルの間隔で立っている」ジャックが呟いた。

マイクロディスプレイに赤い人影が二つ。

敵だ。

「こちらのセンサでも確認した」ジョンが答える。

「わたしも」メリーも答えた。

「視認するか？」ジャックが呟いた。

「いいだろう。ただし、全員同時は拙《まず》い。まずはジャックから見てみろ」

ジャックは咳払《せきばら》いをする振りをして、対岸を盗み見た。

「男と女だ。二人とも武器のようなものを持っている」

「武器？」ジョンは呟いた。

「男が持っているのは釵《さい》のようだ。両手に一つずつ持っている。女の方は杖《つえ》だ。恐らく金属製だな」

武器を持っているのか。

これは朗報のようにも思えた。MESSIAHの工作員たちは武器を持ち歩かないという話だった。なぜなら、自らの能力が充分強力であるため、武器は必要ないからだという。

しかし、この二人は武器を持っている。つまり、二人の攻撃能力はたいした事がないという事だ。たぶん、防御か移動に関する補助的な能力なのだろう。それに対し、自分たちには充分な攻撃力がある。やつらに多少の防御力があったとしても勝算はある。

だが、安心は禁物だ。できるだけ、確実な方法で始末したい。

「ここから狙撃《そげき》できそうか？」

「ちょっと待って。捕まえて尋問しないの？」メリーが呟いた。

「やつらを甘くみてはいけない。上からは、やつらを見付け次第、殺せ、と言われている。

それが無理な時は逃げろとも。殺すとなると、まだ気付かれていない今がチャンスだ」

「向こうまでの距離は約百メートル。プラズマピストルの照準は甘いから、微妙なところだな。たとえ僅《わず》かでも掠《かす》れば、確実に殲滅《せんめつ》できるが、もしはずしたらこちらの位置がばれてしまう」ジャックが呟いた。

「その心配は無用だろう。一番近い橋までは三百メートルはある。橋まで行って渡ってからここまで来るには六百メートルはある。その間に充分逃げられる」

「直接川を渡ってきたら？」

「川を横切るにはもっと時間がかかるだろう」

「あいつらは空中を飛べるらしいぜ」ジャックが呟いた。

「眉唾《まゆつば》だ。もし本当だとしても、歩く程度の速さだということだから、心配する必要はない」

「じゃあ、撃ってみるか」

「待て。俺もやつらの位置を視覚で確認してみる」ジョンも鼻の頭を掻《か》く振りをして、敵を見た。

男と女が同時にジョンの方を見た。

ジョンは背筋が凍りつくような感覚に襲われた。

あいつらは俺を見ていた。気付かれたのだ。

心臓が早鐘のように打ち始めた。

落ち着くんだ。仮に本当に気付かれたとしても、あいつらすぐには何もできない。二人が持っている武器はいずれも近距離用だ。こちらにはプラズマピストルがある。

「メリー、君も視認しろ。意見が聞きたい」

「どこを見ればいいの？」

「川向こうだ。ほぼ真正面だ」

「わたしには見付からないわ」

「なんだって？」ジョンは大っぴらに二人の方に顔を向けた。

いない。何があった？

「ジャック、何か見えなかったか？」

「俺はずっと見ていた」ジャックは軽いショックを受けているようだった。「やつらはただ消えたんだ。まるで、手で湯気を掻き消すようだった」

「冗談は好まない」

「本当なんだ」

三人の間に数秒間の沈黙が流れた。

「戦闘態勢」ジョンは呟かずにはっきりと言った。

即座に特殊スーツを戦闘モードに切り替える。サーボ機構の作動音が微《かす》かに響いた。今回のスーツは偽装が利く簡易型スーツなので、防御力は殆《ほとん》どないが、戦闘力は充分のはずだ。

三人は正三角形の頂点の位置を保ったまま、外側を向いた。

これでどっちの方角から現れてもすぐにわかるはずだ。

「敵の兆候は？」

「ない」

「こっちもないわ」

さて、どうしたものか？　もしやつらが我々に気付いたのなら、こちらに向かっている可能性が高い。ここに到着するのはどれだけ急いでも数分後だろう。逃げる余裕は充分ある。

ジョンは唇を噛《か》んだ。

しかし、今やつらを倒すチャンスが訪れているのも確かだ。もうこんな機会はないかもしれない。

「どうする、指揮官？」ジャックは呟いた。

「やれるか？」

「ああ」

「ええ」

「よし。殲滅作戦開始だ」ジョンの全身に力が漲《みなぎ》った。「敵の兆候はまだないか？」

「ないわ」

「俺も……いや。待て」ジャックが言った。

「何かあったのか？」

ジャックは答えなかった。

「ジャック、答えろ」

返事はない。

なんてやつだ。実践中に指揮官の命令を無視するとは。いったい何のつもりだ？

三人で三方向を見張っている状態で、仲間の様子を確認すれば死角が生じる。できるなら振り向きたくはないが、仕方あるまい。

ジョンは一瞬ジャックの方を振り返り、顔を元に戻した。

今、俺は何を見た？

視線を戻してから、ジョンは今見た光景の意味を理解し始めた。

ジャックはゆっくりと倒れつつあった。ただし、その頭部は足元に転がっていた。首の部分からは玩具《おもちゃ》の噴水のように血が噴き上がっていた。

メリーが息を飲む音が聞こえた。

彼女も気付いたようだ。

ジョンはパニックには陥らなかった。ジャックは共に戦う同志ではあったが、今回が初対面だ。彼の死に直面しても、感情に惑わされる事はない。重要な任務の場合、感情が邪魔にならないよう面識のない者同士がチームを組む事になっている。今ほど、そのルールを有り難いと思った事はなかった。

いったい何が起こったのか？

敵の攻撃である事は間違いないだろう。だとすると、さっきの二人がもう到着したのか、あるいは別の敵が近くに潜んでいたのか？　どちらにしても、今非常に危険な状態にある事は間違いない。

「メリー、ジャックを殺した敵を察知したか？」

「いいえ。気配すら感じなかったわ」

「俺もだ」

薄気味悪く生臭い風が吹き抜けた。

ジャックの死体を調べて敵の攻撃方法を分析するか？　いや。それは危険過ぎる。いつ次の攻撃があるかわからない。

「展開！」

ジョンとメリーはばらばらの方向に走り出した。

二人が同じ場所にいては、同じ攻撃で二人が同時に殺害される可能性が高い。離れていれば、どちらか一人は生き延びられるかもしれない。もちろん、二人で協力した方がいい場合もある。しかし、今回の攻撃方法はあまりに圧倒的だった。協力したとしても勝てるという確信はなかった。

「作戦中止！　撤退！　通信切除！」ジョンは叫んだ。

相手の能力が未知であるからには対策を立てる事は不可能だ。戦いながら敵を分析するのはリスクが高過ぎる。少なくとも、ジャックは一切反撃をせずに殺されたようだった。ジョンとメリーがジャックと共に殺されなかったのは理由があるのかもしれない。だからといって、それに望みを託す事はできない。MESSIAHの怪物たちは必ずしも合理的な行動をとらないとされている。つまり、戦いをゲームとして楽しんだり、相手が苦悩するのを面白がったりする傾向があるという事だ。もしそうだとしたら、二人が今殺されなかったのは単なる気紛れによるものかもしれない。

ジョンは全力で走り続けた。

今着ているのは街中でも目立たないようにできた簡易型の強化スーツだ。だから、フル装備の強化スーツのように高速移動モードにはできない。自分の足で走るしかないのだ。息がうまくできなくなってきた。足の力が抜け、時々縺《もつ》れ始めた。

今は心臓麻痺《まひ》で死ぬ危険など考えてはいられない。やつらに捕まる前に公園から出ないと確実に殺されるだろう。

左手の茂みから何かが蠢《うごめ》くような音がした。

ジョンは反射的に倒れ込み、左手の茂みに向けて酸素プラズマ弾を発射した。

プラズマ弾は茂みを貫通し、向こう側にある樹木にぶつかった。

次の瞬間、樹木は全体が青白い炎に包まれたかと思うと、爆発四散した。

上空にはまだ赤みが残った灰が飛び散り、ゆっくりと降下してくる。

ジョンは疲労のあまり立ち上がることすらできなかったが、気分は少し落ち着いてきた。

そうだ。俺には武器があった。酸素プラズマは強力だ。金属ですら焼き尽くす。どんな有機体でも直撃を食らったら、一瞬で爆発しながら燃え尽きる事になる。狙いさえ誤らなければ、百パーセント敵の息の根を止める事ができる。

相手の力ばかりを気にして、自分の武器の事を忘れていた。命の危険があるのは自分たちだけではない。敵もまた予想以上の脅威に曝《さら》されているのだ。

ジョンは呼吸を整え、立ち上がった。周囲の様子を確認する。

敵の姿は見えない。だが、それで安心していいのか？　ジャックを殺害した犯人の姿も見えなかったではないか。

しかし、本当に見えない訳じゃない。なんらかの手段で我々を欺いたのだ。その方法さえわかれば、懼《おそ》れるに値しない。

よし、出て来い。灰の塊にしてやろう。

右肘《ひじ》に激しい痛みを覚えた。

今の転倒で関節を痛めたか？

自分の腕を見て、ジョンは驚愕《きょうがく》した。

右肘の内側が切り裂かれ、大量に出血していた。切断された腱《けん》が傷口から飛び出している。なんらかの手当てをするまで右腕は役に立たないだろう。

ジョンは血止めもせずに周囲を警戒した。

全く何の気配もなかった。しかし、そんな事が可能なのか？

もし左腕を切られたら、プラズマピストルが使用できなくなる。ジョンは周囲の気配に注意を集中した。

遠くで閃光《せんこう》が走り、轟音《ごうおん》が響き渡った。どうやらメリーもプラズマピストルを使ったらしい。彼女も敵と遭遇したのだろうか？

「出て来い、卑怯《ひきょう》者！」ジョンは叫んだ。「俺が怖いのか？　だから、こんな姑息《こそく》な飛び道具で俺を撃ったんだろ」

ジョンは攻撃方法を銃の類《たぐい》だと判断した。傷には刃物によるものの特徴が現れている。しかし、至近距離からの攻撃なら、気付かないはずはないし、遠くから投げたとしたら、ジョン自身の身体か近くの地面に刃物が残っているはずだ。おそらく超音波のようなエネルギー体を使った銃だろう。しかし、この傷の状態からして、たいしたエネルギーはないように思われる。つまり、一対一の対決に持ち込めば、プラズマピストルの方が遙《はる》かに有利だ。

「俺はここだよ」耳元で男の声がした。

ジョンは慌てて振り返った。

一瞬、不気味な男の顔が見えたような気がしたが、瞬《まばた》きをしている間に消えた。

側頭に衝撃を受けた。

ヘッドセットが吹き飛んだ。

地面がぐらぐらと揺れ、気が付くと地面に接吻《せっぷん》していた。

馬鹿な。

ジョンは柔道、サンボ、テコンドー、カンフー、ムエタイ等、数種類の格闘技をマスターしている。至近距離からの攻撃をみすみす食らうような事はあり得ない。

しかし、現にこの様《ざま》だ。

畜生！

ジョンは当てずっぽうの方角にプラズマピストルを発砲した。

ベンチが火花を撒《ま》き散らし、飛び上がった。

さらに直進したプラズマが川に飛び込み、轟音を立てながら激しい水飛沫《しぶき》と膨大な蒸気を撒き散らした。

駄目だ。焦るな。

ジョンは自分に言い聞かせる。

プラズマ弾にも限りがある。無駄撃ちは極力避けなければならない。

敵はすぐ近くにいる。これは間違いない。だったら、話は簡単だ。敵の位置を把握し、確実に仕留める。当たれば百パーセント確実に息の根を止められる。これほど簡単な話があるだろうか？

「おい！　腰抜け‼」ジョンは努めて余裕のある様子を見せた。「今の見ただろ。今回はわざとはずしたが、その気になればおまえを跡形もなく吹き飛ばす事は簡単なんだ。命が惜しかったら、こそこそ隠れまわらずに今すぐ降伏しろ」

「それはこっちの台詞《せりふ》だよ。まあ、別に降伏して欲しくはないけどね」

左の脇腹が熱くなった。

ジョンは振り向き様にプラズマピストルを構えた。

だが、敵の姿はなかった。

ジョンは自分の脇腹を探った。

「うっ！」

痛みのあまり思わず声が出てしまった。

かなり深く抉《えぐ》られている。この出血量は尋常ではない。しかし、手当てしている暇はない。できるだけ、早く決着を付けなければ。

「今のでおまえの手口はわかった。スピーカーか何かで偽の声を聞かせて位置を誤らせて別の方角から攻撃する。単純な仕掛けだ」

「なるほど。いいところに気付いたな」不気味な姿の男が現れた。長身の白人男性だ。髪も髭《ひげ》も長く伸ばして、戦闘員に似た風貌《ふうぼう》だが、遥かに目付きが悪い。「初めまして。わたしの名はグリゴリだ」

ジョンは左手をグリゴリに向けた。「降伏するんだな」

「その前にあんたの名前を教えてもらおうか？」

「その必要はない」

「これから自分が殺す男の名前を知っておきたかったんだが、言いたくないのなら仕方あるまい。まあ、あんたに自分を殺す男の名前を伝えられたからよしとするか」

「はったりはよせ。トリックを暴かれたんだ。もう観念しろ」

「トリックだと？　本当にトリックだと思うのなら、見破ってみろ」グリゴリの姿が消えた。目の前から掻《か》き消すように消えたのだ。

ジョンは反射的にプラズマピストルを発砲しそうになるのをなんとか堪《こら》えた。

なんだ、これは？

ジョンは必死に合理的な解答を見つけようと躍起になった。

今、たしかにグリゴリは目の前で姿を消した。だとしたら、スピーカーの手品などではあり得ない。別の種類のトリックだ。いったい何をしたのか？

動悸《どうき》が激しくなり、過呼吸気味になる。

落ち着くんだ。何も奇跡が起きている訳じゃない。やつは何らかの方法で俺に立体映像を見せたんだ。あれは本当のやつじゃない。グリゴリはこの近くに隠れていて、俺が隙を見せるのを待っているんだ。

そうだ。何も懼れる必要はない。

立体映像を見せ、それを消す。驚いてうろたえている隙を狙ってなんらかの銃器で撃つ。さらに混乱させる。これを繰り返す。

相手のルーチンに嵌《はま》ってはいけない。相手のペースを崩すんだ。そうすれば自《おの》ずから道は開ける。

「こけおどしの映像は俺には通じないぞ。こんな古臭い手はどこかの遊園地で子供相手にするのが関の山だ」

「なるほど」目の前にグリゴリが現れた。「俺が映像だと言うんだな？」

ジョンは怯《ひる》んだ。グリゴリの姿は決して映像には見えなかった。

駄目だ。こいつの言う事を信じた時点で負けだ。俺の分析は正しいはずだ。自信を失ってはいけない。

「そうでないというのなら、証明してみせろ」ジョンは不敵な笑みを見せた。
グリゴリは釵《さい》を振りかざした。
はったりだ。乗ってはいけない。
グリゴリはジョンの右肩に向けて、釵を振り下ろした。
ほら。見ろ。何にも感じないぞ。
冷たい感触が肩を襲った。
はじめは鋭く、そして重く熱い苦痛へと変わる。
ジョンは右肩を摑《つか》んだ。
べっとりと濡《ぬ》れている。
しまった！　本物だ！
ジョンはプラズマピストルを構えた。
だが、そこにグリゴリの姿はなかった。
ジョンは構わず発砲した。
プラズマ弾は夜の闇を照らし、遥か彼方《かなた》へと飛翔《ひしよう》する。
突然、強烈な閃光が走った。
数百メートル先に落下して、何かを爆燃させたようだ。
少し遅れて、轟音が届いた。

ぶるぶると木々が振動する。

ジョンは歯を食い縛るが、激しい苦痛に耐えるため、どうしても声が漏れる。

畜生！　いったい何をしやがったんだ。

ジョンはその場にしゃがみこんだ。

このまま寝転びたかったが、なんとか思い止《とど》まった。戦闘中に倒れる事は死を意味する。なんとか冷静さを保ち、生き延びなければならない。

グリゴリが特殊な能力を持っている事は間違いないようだ。超能力と呼ぶのは気が進まないが、とりあえず今は呼び方なぞどうでもいい。

やつの能力は直接攻撃を行うものではないが、攻撃を補助するのにはうってつけだった。透明になる能力。信じ難いが、それは事実だと認めなければならない。

問題は透明人間と戦って勝つ方法を短時間に見付け出さなければならない事だ。

やつがこの近くにいる事は間違いない。四方八方に撃ちまくって、当たるのを祈るか？

いや。そんな事をすればあっと言う間にエネルギーが尽きてしまう。

透明人間と言えどなんらかの痕跡《こんせき》を残しているはずだ。まずはそれを見付けるんだ。

ジョンは周囲の地面を見回した。公園のまばらな照明では地面の足跡ははっきりしない。

手首に取り付けたサーチライトで地面を照らす。

微《かす》かな足跡のようなものはある。しかし、それがどちらに向かっているかははっきりしなかった。地面は別にぬかるんではいない。明確な足跡が残る方が不思議だ。犬ならば、あるいはグリゴリを追い詰める事ができるかもしれない。だが、今すぐどこから訓練された犬を調達する事は不可能だ。

「グリゴリ！　うまく姿を隠したつもりなのか？　ちゃんと見えているぞ！」ジョンははったりを口にした。

これでグリゴリを挑発できたなら、勝機はある。

ジョンは五感を総動員して、グリゴリの気配を探った。

たとえ透明人間であっても、人間であるからにはなんらかの気配を持っているはずだ。それさえ突き止めれば、プラズマで焼き殺すのは簡単だ。

今思うと、ヘッドセットを使えば、グリゴリの位置を把握するのは簡単だったはずだ。目視に頼りすぎてチャンスを逸してしまった。グリゴリはヘッドセットで位置を捕まれるのを懼《おそ》れて、破壊したのだろう。姑息《こそく》なやつだ。

右頬に激痛が走った。

ジョンは右に向かってプラズマピストルを発砲した。

遥《はる》か彼方に飛び去り、閃光《せんこう》と轟音《ごうおん》が戻ってくる。

駄目だった。命中したなら、あれほど遠くまで飛びはしない。

頬から血がだらだらと流れ続ける。

右腕と左の脇腹と右肩と右頬。頭部も損傷している可能性がある。このままでは危ない。たとえ致命傷を負わなくても、この調子で体力を奪われていったら、死んでしまう。

プラズマピストルに拘《こだわ》るのは止めよう。プラズマに頼らずとも、強化スーツの力は甚大だ。握力も牽引《けんいん》力も約一トンだ。パンチやキック力は厳密には定義できないが、俗によく使われる重量の単位で喩《たと》える方法なら、これも一トン程度になるはずだ。肉弾戦に持ち込めば、遥かに有利だ。ただ簡易型なので隙間が多く防御の役には殆《ほとん》ど立たない。これ以上の負傷は避けたいところだが、肉を斬らせて骨を断つ作戦しかないだろう。次に攻撃された時がチャンスだ。相手の居場所を確認して、そのまま引き寄せ、殴り殺すか、絞め殺す。

それしか助かる方法は……。

鳩尾《みぞおち》に衝撃が走った。何かが突き刺さった。

息ができない。

横隔膜が干渉を受けている。

五感を研ぎ澄ます事などできようもなかった。

引き抜けば出血が酷《ひど》くなる事はわかっていたが、引き抜かなければ呼吸が止まってしまう。

ジョンは手探りで、グリゴリを押しやろうとした。

だが、そこにグリゴリはいなかった。

釵が深々と刺さっている。

ジョンは絶叫しながら、引き抜いた。

どろどろと腹の中からどす黒いものが湧き出す。

なぜ、俺は防刃服を着てこなかったのか？

もちろん、その場合でも露出している顔や首が狙われただろうが。

痛みで思考が乱れる。

だが、考えなければ駄目だ。考えるのを止めた時が死ぬ時だ。

やつは透明になれる。それは間違いない。だが、透明になるという事はどういう事だ？

単に光を通すだけではだめだ。ガラスは透明だが、ちゃんと見ることができる。なぜなら、表面で光の屈折や反射が起こるからだ。原因は空気との屈折率の違いだ。だから、水とほぼ同じ屈折率を持つ種類のガラスでできたコップは水の中で見えなくなることがある。もし、グリゴリの身体が透明になったのなら、その屈折率は空気とほぼ同じだという事になる。しかし、そのような事はあり得ない。屈折率を変えるという事は物性を変えるという事だ。空気と同じ屈折率を持つ物質が人体の持つ様々な機能を保持するという事は物理化学的に考えられない。

では、何が起きているというのか？

考えられる可能性はただ一つ。グリゴリは擬似的な透明人間だという事だ。光は背中から腹の方に突き抜けているのではない。背後の光景をなんらかの手段で前方に投影しているのだ。

光学迷彩。

この仮想的な技術はそう呼ばれていたはずだ。

だとしたら、それを破るのはそう難しくはない。投影の邪魔をすればいいのだ。どんなディスプレイでも、何か別の物体で遮れば、使い物にならなくなる。

夜敵に遭遇した時に相手に蛍光性のマークを付ける必要が生じる事は容易に想定できる。だから、強化スーツにはその目的の装備がある。

次の攻撃をなんとしても耐えるのだ。

ジョンは自分に言い聞かせた。

この方法を最初に思い付いていれば、こんな危機には陥らなかったが、それは結果論だ。これだけの時間を掛けたおかげで、グリゴリの能力の特性を掴む事ができたのだから。

「来い！　グリゴリ!!」ジョンは大きく腕を広げ、わざと無防備な体勢をとった。

下腹に衝撃があった。

ジョンはすかさず蛍光塗料を周囲に噴霧した。

光り輝く霧がジョンを包み込む。

霧の中に塊が現れた。

それは黄色く輝くグリゴリの姿だった。

ジョンは後方に倒れながらも、プラズマピストルをグリゴリに向けた。「俺を甘く見ていたようだな。さあ。お返しだ！」

「作戦中止！　撤退！　通信切除！」ジョンの声が受信機から聞こえた。

わたしたちの作戦が失敗?!

メリーは耳を疑った。

だが、頭が理解する前に身体が行動を開始していた。

メリーは全速力で逃げ出していた。

悔しい。

メリーは歯軋《はぎし》りをした。

確かに、ジャックは抵抗する余裕すらなく惨殺されたが、他の二人も同じ目に遭うとは限らない。ジャックは油断しすぎていたのだ。わたしなら、そんなへまはしない。

しかし、指揮官であるジョンは撤退を命じた。組織の一員なら指揮官の命令を無視する事はできない。個人の判断で動いていては、統率のとれた作戦は実行できない。だからこそ、メリーたちエージェントは指揮官の命令に即座に反応するように条件付けされているのだ。

だが……。

今回のジョンの判断は軽率だったのではないか？

とりあえず命令には従うが、ジョンの指揮官としての適性に疑義があるとの報告書を提出しなければならない。

メリーはすでにそう決心していた。

背後で閃光が走った。

メリーは立ち止まった。

命令違反ではない。新たな状況の変化に対応するため、情報収集をするのだ。

凄《すさ》まじい轟音。

プラズマピストルが発射されたんだわ。

間違いない。ジョンは敵と交戦状態に入っている。どうすべきだろう？

もちろん、ジョン一人で敵に勝てる可能性も充分にある。だが、もしジョン一人では勝てない相手だったら？　一人では勝てない敵でも二人なら勝てるかもしれない。しかし、二人でも勝てない可能性もある。ジョンが展開を命じたのはその理由による。もし二人が同じ場所にいて同時に倒されたら、誰も情報を持ち帰る事ができなくなる。作戦行動中のエージェントは長距離用の通信装置を身に付けない。敵に捕獲された場合、長距離用の通信装置は情報の漏れ口になってしまうからだ。携行するのは作戦に必要最小限の短距離用のものだけだ。だから、報告は必ず口頭で行われる。今は報告を最優先すべきだと、頭では理解していたが、メリーはどうしても割り切ることができなかった。

　ひょっとすると、今わたしは同志を見殺しにしようとしているのかもしれない。

　メリーは首を振った。今回の敵に関するデータは情報量としては極めて少ないが、あの分析官たちなら何かの真実を搾り出すかもしれない。そして、それが結果的に多くの同志たちの命を救うことに繫《つな》がる可能性がある。

　メリーは決心した。とにかくこの公園から出るのだ。

「逃げるの？」少女が言った。

　どんな状況でもパニックに陥らない訓練を積んでいなかったとしたら、あるいは腰を抜かすような状況だったかもしれない。何しろ出し抜けに目の前一メートルの場所に少女が現れたのだ。

　タンクトップを着た小柄なミドルティーンのようだ。手には金属の杖《つえ》を持っている。

「あなたは何者？」メリーは少女を睨《にら》み付けた。

「わたし？　葵《あおい》よ」

「この国の人間？　わたしは……」

「ああ。あなたの事は別に聞きたくないわ」葵は杖を弄《もてあそ》ぶようにぐるぐると振り回した。

「特に興味ないから」

「わざわざ後を付けてきたのに興味がないですって？」

「ええ。本当に興味ないの。だって、これから殺すんだから、これで付き合いはお仕舞い。あなたの事なんか知る必要ない」

メリーは相手の本心を見抜こうと表情に注意した。

今の言葉はわたしを動揺させるため？　もしそうだとしたら、わたしを倒すのに心理作戦の助けが必要だという事になる。冷静な対処ができれば勝てる確率は高い。

だけど、もし本心からの言葉だとしたら？　彼女は自分の実力に絶大な自信を持っている事になる。心して掛からなければ危ういかもしれない。しかし、自信は隙に繋がる。彼女が自惚《うぬぼ》れにより、隙を作ったなら、勝機は充分にある。

どちらにしても、自分の精神を完全に制御しなければならない。メリーは自分に言い聞かせた。

「あなたさっき川の向こう岸にいたわね」

「ええ。そうよ」葵はバトンのように杖を振り回す。

「随分足が速いんじゃない？」

「川を越えたの。知らなかった？　わたしたち飛べるのよ」

「信じられないわ」

「見たい？」

「ええ」

「じゃあ、飛ぼうかしら？」

空中浮揚はかなりの精神力が必要だろう。それにMESSIAHの怪人たちは浮遊中に素早く動けないという報告もある。彼女が浮かんだ時が攻撃のチャンスだ。

メリーは自らの緊張が表面に現れないように最大限の努力をした。

「やっぱり面倒だから止めるわ」葵はつまらなそうに言った。

こっちの目論見《もくろみ》に気付いた？

「ねえ。その杖、もっとよく見せてくれる？」メリーは自然な素振りで左腕を葵の方に向けた。

今のところ、葵の能力は未知だ。だが、相手がそれを使うのを待つつもりはなかった。能力を見せる前に酸素プラズマで焼き殺す。それが最もリスクが小さい。

よし、今だ。

葵が微笑んだ。

メリーは発砲した。

プラズマ弾は小高い築山《つきやま》にぶつかり、大量の火花が飛び散った。

葵の姿はなくなっていた。

「やったわ!!」メリーは喜びの声を上げた。

いや。おかしい。プラズマが当たったのなら、葵のいた場所に大量の灰が発生するはず。

それなのにプラズマ弾はまるで、そこに葵がいなかったかのように貫通して、築山にぶつかった。

彼女の能力は姿を消すこと？

だとしても、死んだのなら、なんらかの痕跡《こんせき》がなくてはならない。

「騙《だま》し討ちが得意なの？」葵がメリーの右手二メートル程の場所に突然現れた。

やはり何かの能力を使用している。

また、プラズマピストルを使う？　あと三発分のエネルギー残量しかない。無闇に発砲しても今の二の舞だろう。むしろ、物理的な打撃を与えた方が確実かもしれない。

「あなたの得意技は何？　逃げ回ること？」

目の前に葵がいた。

メリーは一瞬戸惑った。

首と左肩の中間に葵の杖が叩《たた》き下ろされた。

鈍い音がした。

メリーは葵のほっそりした首に手を伸ばした。

このまま喉《のど》を握り潰《つぶ》してやる。

だが、メリーの手は空しく空気を摑《つか》むばかりだった。

葵は五メートル程離れた場所でけたけたと笑っている。

何が起きたの？

メリーは左の鎖骨を押さえた。

綺麗《きれい》に粉砕されている。

幻を見せられた訳ではなさそうだった。幻なら骨を砕けはしない。しかし、すぐ目の前にいた葵を摑む事ができなかったのも事実だ。

こちらは重傷を負った。それに引き換え、葵は無傷だ。さらに拙《まず》い事に敵の能力がよくわからない。

閃光《せんこう》が走った。

少なくともジョンともう一人との敵との戦いはまだ続いている。向こうも一筋縄ではいかない相手のようだ。

とにかくこうなったからには相手の能力を探るしかないだろう。このままだと相手のペースのままだ。

「わたしの能力がわかった？」葵がふらふらと踊るような動作を見せた。

「単に逃げ回るだけではないみたいね。でも、攻撃方法ははっきり見えたわ。その杖で殴るだけよね。今度はもううまくはいかないわよ」

「あら。何度でもうまくできるわ」葵は頬を膨らませた。「自分の身体のどこでも好きなところを言ってみて、そこを壊してあげるから」

メリーは背筋が寒くなった。

今の言葉は本心からのように聞こえた。葵にはそれだけの自信があるのか？　それだけの力の持ち主なのか？

いいわ。誘ってやるわ。あの子は必ずわたしに接近する。その瞬間を逃さなければ、確実に殺せる。今度は逃がさない。わたしには彼女の動きを見切る自信がある。

「面白いゲームね」メリーは相手を嘲《あざけ》るような態度をなんとか保った。「じゃあ、ここ狙ってみてよ。わたしの左手首」

言い終わった瞬間、メリーの手首は折れていた。

「ひょぉぉぉぉぉぉぉ……」自然と口から奇声が漏れ、涎《よだれ》が糸を引きながら流れ出した。手首は通常では曲がらない方向に直角に曲げられていた。メリーはそれを呆然《ぼうぜん》と見詰めるしかなかった。

葵は少し離れたベンチに体育座りして、上目遣いでこっちを見ていた。「痛い？」

メリーは目を剝《む》いて、葵を睨み付けた。

「……いったい……どんな手品を使ったの？」

激痛が後から後から押し寄せてくる。メリーは気が遠くなるのをなんとか耐えた。

「どうしようかな？　教えてあげてもいいんだけどね。あなた、自分で解明した方が楽しいんじゃない？」

こいつは生かしておいてはいけない。とんでもなく、凶悪な化け物だわ。

「それで、次はどこを壊して欲しい？」葵は目を輝かせた。

「そうね。ちょっと考えさせて」

時間を稼いで、なんとかして秘密を暴かなくては。

「あら。時間稼ぎ？　あなた、もっとお利巧だと思ったのにがっかりだわ」

こっちの思惑が見抜かれている！　だめ。パニックに陥ったら相手の思う壺《つぼ》よ。怪我はしているけど、致命傷じゃない。冷静ささえ失わなければ、まだまだ勝ち目はある。

「時間制限があるなんて聞いてないわ」メリーは反論した。

「だって、ずっとこうして待ってたんじゃ面白くないわ。ええと。持ち時間は一分までよ」

「ゲームを始めてからルールを決めるのはいんちきだわ」

「これはわたしのゲームなんだから、わたしが自由にルールを決められるのよ」

「わたしだって、プレイヤーよ」

「いいえ。あなたはただの駒よ」

本当にゲームをしているつもりらしい。わたしに殺される可能性はこれっぽっちも考えていない。だけど、逆にそれが突破口になるかもしれない。

「それでどこがいいの？　時間切れになったら、壊す場所はわたしが勝手に決めるわよ」

どうしよう？　わたしが自分で指定しなければ、葵は好きな場所を攻撃するだろう。そして、それが頭部や背骨だったら、もう反撃のチャンスはない。いちかばちか影響の少ない場所を指定するしかない。

「左の肘《ひじ》でいいわ」メリーは苦渋の決断をした。

どうせ左手は使えない。この一回の攻撃で、相手の動きを見切るのよ。

葵は舌打ちをした。「結構せこいじゃないの。そうやって時間稼ぎをすれば勝てるとでも思ってるの？」

目の前、三メートルの場所に葵が現れた。

この距離では、格闘に持ち込むのは無理。でも、プラズマピストルが効くかもしれない。

メリーは瞬時に判断し、右手で折れた左腕を支え、葵に狙いを付けようとした。

だが、メリーの右手は空を摑んだだけだった。

左腕は肘の付け根から先がなくなっていた。

血が激流のように噴き出した。

痛みはさほどなかった。ただ、焼け付くような熱さが全身を包んでいた。

メリーは呼吸法を切り替えた。怯《おび》えては駄目。この出血だとわたしが戦えるのはあと何十秒かだけ。たぶん一分かそこら。その間に決めなければならない。そして、敵はまだ全くの無傷。

葵は血塗《ちまみ》れになり、杖《つえ》をぶんぶん振り回し、けたけたと笑っていた。

いったい何が起こったのか？

メリーの頭の中でようやく仮説が纏《まと》まりつつあった。

つまり、わたしの意識がとんでいたという事なんだわ。葵が突然消えたり、別の場所に移動したり、知らない間に攻撃を終えていたりするのは、わたしがその時間を認識していないだけ。葵は人の意識を自由に失わせる事ができる。しかし、わたしはその間に倒れたりはしなかった。葵の能力は気絶させるのではなく、あたかも泥酔状態のように高度な精神活動を行えなくするだけなのよ。

だとしたら、勝てる。

メリーはさらに呼吸を整えた。

彼女はかつて特殊な訓練を受けた事がある。特殊工作員であるからには、常に敵に捕まる可能性がある。その時、様々な薬物を使われる事は想定の範囲内だ。そのような事態に遭遇した時、無為なまま敵に味方の秘密を喋《しゃべ》ったり、洗脳されたりするのは避けなければならない。

そのような事態に備えて、メリーは自己催眠をかけていた。簡単なキーワードで特別な暗示が発動するように。

「バルス」メリーは呟《つぶや》いた。

　これで暗示は発動した。次に意識を失った時、彼女は鬼神のように暴れまわるはずだ。周囲の人間を見境なく、死ぬまで攻撃し続けるバーサーカーだ。深夜の公園なら誰も巻き込まなくてすむ。この戦略を使う最善の状況だ。葵は次の攻撃を仕掛けた時に痛烈に後悔する事になるだろう。

　遠くで閃光が走った。

　ジョンもまだ戦っている。葵を倒して、応急手当をしたら、ジョンの元に走り、共に戦おう。メリーは決心した。こいつらとは、一対一で正々堂々と戦ってはいけない。独りで野獣に立ち向かうのは愚か者の行為だ。

　だが、今はなんとか独りで乗り切らなければならない。まずはこの化け物を倒すのだ。

「さあ、次はどこ？」葵が舌なめずりをした。

「どこでも」メリーは覚悟を決めた。

「じゃあ、腹を狙うわ」葵はメリーの腹部を指差した。

　心臓や頭部ではなく、腹を狙うとは、できるだけ戦いを長引かせて苦しませるつもりか。いいわ。わたしはその油断を利用させてもらう。

「わたしは、あなたの首を狙う」メリーも宣言をした。

　葵はぽかんとした表情をした後、声を立てて笑った。「あなたまだ何か勘違いしているのね。これは試合じゃないのよ。あなたが一方的に壊れていくだけ」

「ほざけ!!」メリーは葵に向けて全力疾走する。

樹木の枝が邪魔だ。

メリーは構わず手刀で払いのける。枝は折れ、宙高く舞い上がった。

サーボ機構で増幅されたメリーの打撃はコンクリートの壁でも粉砕できる。

葵はまだ構えすらせず、微笑んでいる。

さあ、わたしの意識を飛ばしなさい。その時、あなたは地獄を見る事になる。

メリーもまた不敵な笑みを浮かべた。

黄色く輝くグリゴリに息も絶え絶えになったジョンはプラズマピストルを向けた。「丸見えだよ、糞野郎《くそ》」

「畜生ぉぉぉぉ！　こんな手があったとは!!」グリゴリはしゃがみ込み、両手の拳《こぶし》を地面に叩《たた》き付けた。

「思い上がりは禁物だ。光学迷彩なぞネタがばれれば、単なる子供騙《だま》しだ。油断した自分を呪え。今から、楽にしてやる」

「嘘ぴょーん！」グリゴリは飛び跳ねるように立ち上がると、くるりと回り、いなくなった。

なんだ？

ジョンは愕然《がくぜん》とした。あり得ない。この短時間に蛍光塗料の化学成分を変化させて透明化するなんて事は。

胸に激痛が走った。

喉《のど》の奥から血が噴き上げてきた。

肺をやられた。息ができない。

ジョンはもがき、なんとか立ち上がろうとした。

右耳に刃物が突き刺さる。

「両耳を潰《つぶ》す前に教えといてやる」グリゴリの声が響いた。「俺は光学迷彩なんてちゃちな手品なんぞ使っちゃいねぇんだよ!! 俺のは正真正銘の奇跡の御業だ！」

刃物が押し込まれ、滝のような轟音《ごうおん》しか聞こえなくなった。

「さあ、こっちの耳も」

もう聞こえない。聞こえるのは洪水のような水音だけ。

視界の一部が裂け、赤く染まった。

「最後まで自分の様子がわかるように片目は残しといてやろう」

その自信が命取りなんだよ！

ジョンは腕を振り回した。

だが、拳は空を切るばかりだ。

だめだ。殆《ほとん》ど息ができない状態では、これ以上動けない。

両腿《もも》に痛みが走った。突き立てられた釵《さい》が皮膚と筋肉を引き裂いていく。

血管と神経が断裂し、骨が露出する。

サーボ機構が弾《はじ》け、ワイヤが鞭《むち》のように撓《しな》り、ジョンの身体を鋭利な刃物の如く切り裂いた。

ジョンは最後の力を振り絞って、目の前の空間に両手を突き出した。

両手を何かに捕まれ、そして、切開された。

まるで解体ショーだ。

続いて確信めいた思いが彼の霞《かす》みゆく意識に上った。

駄目だ。こいつには絶対勝てない。


メリーは満身の力を込め、葵の喉元に手刀を叩き込んだ。

葵はふっと掻《か》き消える。

意識を飛ばされた？

だとしたら、わたしはバーサーカー状態になっていたはず。

腹部にどす黒い圧迫感を覚えた。

葵は約束を実行したの？

身体を折り曲げなければ耐えられないような吐き気と痛みに襲われた。

内臓が破裂したのかもしれない。だが、バーサーカーとなったわたしとやりあったのなら、葵もただでは済んでいないはず。

メリーは葵の遺骸《いがい》を探した。

ない。では、葵はバーサーカーとなったわたしですら倒せなかったというのか。

ばさり。

何かが落下した。

なんだ。木の枝か。さっき、わたしが切り飛ばしたものだ。

何かが妙だった。

寒気がする。大量の出血のせい？　いいえ。違う。あの枝はわたしの意識が飛ぶ前に払いのけたもの。それなのに、なぜ今になって落ちてくるの？

メリーは真の恐怖に襲われた。

間違っていた。あいつの能力は意識を飛ばすものではなかったんだ。

今までは仮令《たとえ》腕を切断されたとしても、なにかしらの余裕を持っていた。自分の実力を信じていたのだ。だが、今、底知れない未知の力を目の当たりにして、全身から血液と共に闘志がどくどくと流れ出していくのがはっきりとわかった。

瞬時に姿を消したり、遠くに移動したり、相手が認識しない間に攻撃を繰り出したりするのは、相手の意識を飛ばすトリックではなかった。それは本当に瞬時に行われていたのだ。

時を止める超能力。

メリーは走り出した。

逃げるしかない。どうやれば逃げる事ができるのかすらわからなかったが、今は逃げる以外にあり得ない。

両脛《すね》に衝撃を受けた。

全身が地面に叩き付けられる。

「やっとわかったの？　わたしには歯が立たないって？」

命乞《いのちご》いをする？　駄目。こいつは聞く耳を持たないだろう。

メリーは立とうとしたが、そのまま転倒した。

両脛とも折れている。

ならば這《は》ってでも……。

メリーは雑草を摑《つか》みながら、前進しようとした。

次の瞬間右手のすべての指がぼろぼろに砕かれていた。指という指がてんでばらばらな方角を指し、爪が剝《は》ぎ取られていた。

もう痛みすらなかった。メリーはその非現実的な光景を見詰め、へらへらと笑った。

時間を止める事ができる化け物といったいどう戦えばいいというの？

「あらあら。もう心も壊れちゃった？　案外脆《もろ》いんだ」葵はメリーの脇腹を蹴飛《けと》ばし、仰《あお》向《む》けにした。

「ねえ。今度はどこを壊して欲しい？」

メリーは葵の顔を睨《にら》み付けた。

だが、葵はやはり笑顔を返してきた。屈託のない、底抜けに明るい笑顔。

メリーは絶叫した。そして、身体を芋虫のようにくねらせ、起き上がろうとした。

杖《つえ》が顔面中央に突き立てられた。

ぼこりという音がして鼻が陥没するのがわかった。

さらなる出血は殆どなかった。もう血はあまり残っていないのかもしれない。

「次はどこ？」

メリーはもはや返事ができるような状態ではなかった。

彼女はもう一度裏返しにされ、腰骨を叩き折られた。

メリーは覚悟をした。死を覚悟したのではない。その覚悟は組織に入った時点で済ましている。

メリーが覚悟したのは、これからゆっくりと身体を壊されていく事をだ。

彼女は生まれて初めて諦《あきら》める事にした。もう努力はしない。葵にすべてを委《ゆだ》ねる。それが望ましいからではなく、それ以外に選択肢がないから。彼女の人生においてこれほどはっきりと確信した事はなかった。

駄目だ。こいつには絶対勝てない。

5

ひとみはつまらなそうにホテルの一室で頬杖をついてテレビを見ていた。

浴室のドアが開き、髪を拭《ふ》きながらジーンが現れた。

バスタオルのサイズがジーンの体格に合わないのか、片手で押さえていないと、すぐにもはだけてしまいそうだった。

あまりのスタイルのよさにひとみは気恥ずかしくなり、目を逸《そ》らす。

「あなたもシャワーを浴びたら？」ジーンが言った。

彼女の肌から立ち上る湯気が室内を満たし、淫靡《いんび》な香りに包まれる。

「わたしはいいわ。ずっとここにいるから汗もかかないし」

「随分、険のある言い方ね」

「ねえ。どのくらいなら外に出てもいいのかしら？」ひとみが言った。

「全然出ない方がいいんじゃない？」ジーンは退屈そうな表情で言った。

「いくらなんでも、ご飯食べに出るくらいはいいよね」

「あなた、そんなに外に出たいの？」

「せっかく関西まで来たのに、まだ奈良しか見ていないよ」

「我儘《わがまま》言わないの。三日待てば安心なんだから」

「三日たったら帰らなくっちゃいけないよ」

「旅行の日程を延ばせばいいじゃない」

「もうお金ないよ」

「お金なら貸してあげるわよ」

「そんなの悪いよ」ひとみは子供のようにだだをこねた。「ご飯食べに出たら駄目かな？」

ジーンは少し考えた。「そうね。ホテルにじっとしてろっていうのは大事をとっての事だと思う」

「やっぱり、そう思う？」

「ホテルに隠れていて見付からないという事は遠くから探知できるようなものじゃないって事でしょ」

「ふんふん」

「じゃあ、どういうところが危険かというと、これは敵の立場になってみて考えるとわかるんじゃないかしら?」

「敵って?」

「赤鬼丸とか」

「赤鬼丸、死んだじゃない」

「赤鬼丸の仲間の事よ」

「MESSIAHとかいうやつら?」

「そうよ。あいつらだってやたらにあちこち探すのは効率が悪いからおそらく大きな駅や空港で見張ってるんじゃないかと思うの。だから、ホテルの近くを少し歩く程度なら……」

「本当かしら?」

「今、わたしが言った事おかしい?」ジーンが言った。

「そうじゃなくて、MESSIAHなんて本当にあるのかって事よ」

「でも、わたしたち確かにこの目で見たわ」

「見たのは赤鬼丸とその配下の戦闘員が傍流寺の五重塔を破壊して、そのあとヴォルフが全員を始末した事だけよ」

「何が言いたいの?」

「MESSIAHとかそういうのは全部ヴォルフが言っただけなのよ」

「ヴォルフを疑うの?」

ひとみは首を振った。「赤鬼丸がわたしたちを殺そうとしたのは事実だし、ヴォルフがわたしたちを助けてくれたのも事実よ。だから、特に疑う理由はない。でも……」

「でも？」

「わたし、なんだかヴォルフを信頼する気になれないのよ」

「どうして？」

「だから、理由はわからないの。そのなんだかもやもやして……」

「ひとみ、確かヴォルフの顔に見覚えがあるって言ってたわね。それと関係があるの？」

「たぶん」

「思い出せたの？」

「それがまだなの。もう喉《のど》のところまで出掛かってるんだけど」

ジーンはまた考え込んだ。「いいわ。外に出ましょう。わたしたち気分転換した方がいいみたい。そしたら、ひとみも思い出せるかもしれないから」

ひとみは小躍りして、外出の準備を始めた。

このホテルはさほど有名ではなかったが、中に入るとそこそこ豪華で、中庭には様々な鳥が観賞できる巨大なケージやプールなどが完備されていた。食事場所は建物内にもあったが、中庭の設備を見ながらオープンスペースでとる事もできた。

「なんだ。外に食べに行くのかと思ったのに」ひとみは膨れた。

　二人はそのオープンスペースのテーブルに座っている。

「ここだって、建物の外には違いないわ。ここで食べられるんだから、わざわざホテルの外に行くことはないんじゃない？」

「ここじゃ外って言えないわ」

「日の光だって風だって、外そのままじゃない」

「気分の問題よ」

　ウェイターがやってきた。

「お客様、橘《たちばな》さんとモルテンさんですね」

　ひとみはぎくりとした。

「今、この人何て言ったの？」日本語がよく聞き取れないジーンが尋ねた。「わたしたちの苗字《みようじ》を言わなかった？」

「わたしたちの名前を確認したのよ」ひとみはウェイターの方を向いた。「はい。そうですが」

「ロビーにお二人をお探しの方がおられます。ヴォルフさんだそうです」ウェイターは戻っていった。

「まあ。一緒にいると危険だと言っておきながら、自分から来るってどういう事？」ひとみは呆《あき》れて言った。

「何か緊急の用事があるのかもしれないわ。とにかくロビーに行きましょう」

ロビーで二人がきょろきょろしていると、スーツ姿の白人の若い男性が声を掛けてきた。

「橘ひとみさんとジーン・モルテンさんですね」

「はい……」ひとみは男性の顔をじっと見た。

ヴォルフではない。似たところは全くない。

ヴォルフは苦痛に耐え忍ぶような表情をしていたが、この若者には飄々《ひょうひょう》とした明るさが漂っている。

「おっと、失礼しました。わたしはアストンと申します」

「あなたはヴォルフではないわ」ジーンが警戒したように言った。

「ええ。わたしはヴォルフではありません。しかし、ヴォルフの名前を出さないと、あなた方は来てくださらなかったでしょう」

「あなたはヴォルフを知ってるの？」

「もちろん。彼は同志ですからね」

「あなたが来るという事を彼はひと言も言ってなかったのですが」

「当然です。彼の当初の計画にわたしは含まれていなかったのです」

「どういう事ですか？」

「状況が変わったのです」

「ヴォルフはどこにいるんですか？」ひとみが尋ねた。

「彼は今身動きがとれないのです。だから、わたしが来ました」

「敵にわたしたちの居場所が知られたの？」ジーンは警戒を解こうとしないようだった。

「敵とは？」アストンの目に焦りの色が見えた。

「ＭＥＳＳＩＡＨよ」

「しっ！」アストンは唇の前に人差し指を立てた。「声が高い」

「言ってはいけないの？」

「ヴォルフがその名をお教えしたのですか？」

「ええそうです」ひとみが答えた。「いったい何の略ですか？」

「彼は少し不注意なようです。その名前はすぐに忘れてください。もう二度と口に出さないように。口に出せば、それだけであなた方に危険が及びます」

「『ＭＥＳＳＩＡＨ』なんて普通の単語じゃないですか」

「文脈によっては、極めて危険な事になる可能性があります」アストンは額の汗を拭《ぬぐ》った。

「とにかく敵にあなた方の居場所が知られたというような事はありませんので、安心してください」

「じゃあ、何しに来たの？」

「ヴォルフからの言伝《ことづて》です。例のものをわたしに見せるようにとの事です」

ひとみとジーンは顔を見合わせた。

「大丈夫です。安心してお見せください」アストンはにっと笑った。

ひとみもにっと笑った。

ジーンは厳しい表情を崩さなかった。

「どうかしたのですか？」アストンが困ったような顔をした。

「ヴォルフは確かに『例のもの』って言ったの？」ジーンが言った。

「ええ。……まあ、多少は言い回しが違うかもしれませんが、そういう意味の事です」

「『例のもの』ってなんの事ですか？」ひとみも尋ねた。

「例のものは例のものです」

「はっきり言葉で言ってください」

「いや。ここで言葉に出すのは……ちょっと控えさせてください」

「そう言われても、わたしたちはヴォルフから特に……」ひとみは混乱してしまった。

「どっちの事かしら？」ジーンが呟《つぶや》くように言った。

「えっ？　ジーン……」

「ヴォルフはどっちの事を言ったのかしら？」

アストンは目を輝かせた。「二つともで結構ですよ」

「いいえ。わたしたち二つは渡されてないわ」

アストンの目付きが変わった。「ふざけているんですか？」

「ふざけているのはどっちかしら？」ジーンは一歩も引く気はないようだった。「ねえ、ひとみ。アストンさんはどっちの事を言ってるのかしら？」

「どっちって？　大事なものと言ったら、舎利か、ロンギヌスの……」

「やはり舎利を？」

「予想とはかなり違いましたけどね」ひとみが言った。「でも、ヴォルフも言ってましたけど、舎利っていうのはあんなものなのかも……」

「今、舎利を持ってるのですか？」アストンは言った。

「えっ？」

「舎利を持ってるのですか？」アストンはひとみの肩を摑《つか》んだ。

「ひぃっ!!」

周囲がざわついた。

アストンははっと我に返り、ひとみの肩から手を離した。

「いったいどういう事なんですか？」ひとみは睨《にら》んだ。

「すみません。ただ、あなた方も勿体《もったい》を付け過ぎです。わたしはヴォルフに頼まれただけなのですから、どちらかというと迷惑しているのです。さあ、早く舎利を渡してください」

「舎利なんかないわ」ジーンが言い放った。

「ははは」アストンはきょろきょろと二人を交互に見た。

「ええ。舎利は持ってません」ひとみも続けて言った。

「何ですと？　でも、今さっき舎利を見たとおっしゃったではありませんか？」

「見た事は見ましたけど、わたしたちは持ってません」

「では、ヴォルフが持ち帰ったというのですか？」

「えっ？　だって、あの舎利は……」

「ひとみ、黙ってて」ジーンがひとみを制した。「アストンさん、あなた本当にヴォルフの仲間なの？」

「えっ？　どういう事？　この人、ヴォルフの仲間じゃないの？　だったら、いったい何者なの？」

「ちょっと待ってください。わたしはヴォルフの仲間ですよ」

「じゃあ、合言葉を言ってみて」ジーンが言った。

場は沈黙に包まれた。

「ジーン、合言葉って、いったい何を言って……」

「ひとみは黙ってて！」

「なるほど」アストンはにやりと笑った。「わたしを疑って鎌《かま》を掛けておいでなのですね。

合言葉なんかありませんよ。あえて言うなら、こうやってここに来ている事が合言葉みたいなものです」

「そうだったわ。あなたなぜこの場所がわかったの？」

「だから、ヴォルフから聞いたからで……」アストンは黙った。

「だって、わたしたちヴォルフにここの場所を教えてないわ！」ひとみはつい大声で言ってしまった。

「そう。ヴォルフに聞いた訳ではありませんでした。わたしは上司から聞いたんです。実のところ、ヴォルフに直接頼まれた訳ではなく、また聞きでしてね。なぜ上司がここの場所を知っていたのかまでは存じません」

「なんだ。そうだったの」ひとみは安心した。

「ええとね、ひとみ」ジーンは言った。

「何？」

「あと三分程黙っといてくれる。今、佳境だから」

「あら、そうなの？」

「アストンさん」ジーンはハンドバッグを握り締めた。「そういう訳で、舎利の方は手元にないので帰ってもらえるかしら？」

「そうですか。残念ですが、仕方がありませんね。でも、もう一つの方。槍《やり》先の方だけでも」

「それは無理よ」

「なぜ？」

「だって、あなた方槍に弱いんでしょ？　持ってないとわたしたち、あなたから自分の身を守れないわ」

「誤解しておられるようですが、槍に弱いのは敵の組織に属しているものだけで、我々は特に槍に弱いという訳ではないんですよ」

「そうなの？　じゃあ、今試してみる？」ジーンはハンドバッグを振り上げた。

アストンは顔を隠し、一声叫ぶと飛び上がり、いっきに数メートルも後退した。

「やっぱり！」ジーンはハンドバッグをアストンに投げつけた。

ハンドバッグは見事にアストンの頭部に命中した。

アストンは呻《うめ》きながらロビーの床を転がった。

ひとみはその様子をただぽかんと眺めていた。

「何してるの？　さっさと逃げるわよ」ジーンはひとみの手を引いた。

「何、何？　どうしたの？」

「あいつは敵よ。ロンギヌスの槍で苦しんでいる」

「ジーン、いつの間にヴォルフからロンギヌスの槍を貰《もら》ったの？」

ジーンはひとみの耳たぶに唇を付け、小声で言った。「そんなもの貰ってないわ。アストンがそうだと思い込んで慌てているだけ。今のうちに逃げるのよ」

「わぁっ‼」ようやく事態を理解したひとみは走り出した。

アストンは自らの身体に別状がないのに気付いて立ち上がった。だが、周囲に人が多過ぎて、二人を見失ってしまった。

「どこだ、女ども⁉」アストンの声は抑制を欠き、雷鳴のように変化していた。

「お客様、どうかされましたか？」従業員が走ってくる。

「煩《うるさ》い！」アストンは人差し指で、従業員の額を突いた。

ばちりと激しい音と閃光《せんこう》が走った。

従業員は白目を剝《む》き、その場にどうと倒れた。

「うわぁー！」アストンは絶叫すると、ロビーに集まった人々を次々と突き倒していく。

その度に火花が飛び散った。

「あいつ馬鹿じゃないの！　こんな事したら自分でＭＥＳＳＩＡＨの存在を宣伝しているようなものだわ」ジーンが吐き捨てるように言った。

「でも、あいつが馬鹿なおかげで助かったわ。これからどうする？」

「あいつが手間取っている間に逃げるのよ」

「でも、みんなを放っていっていいのかしら？　わたしたちのせいかもしれないのに」

「わたしたちにはどうしようもできないわ。それにわたしたちも巻き込まれたんだから、責任なんてないんだし」

「確かにどうしようもないわね。でも、逃げるって何階に？」

「ホテルの外に逃げるに決まってるでしょ」

「でも、ホテルの外に出たら、MESSIAHに見付かるかもしれないって……」

「今更関係ない！」

騒ぎを尻目《しりめ》に二人はホテルから飛び出した。
二、三十メートル走った頃、後方で雷鳴のような音が轟《とどろ》いた。
おそるおそる振り返ると、ホテルの玄関が吹き飛び、二階と三階から火の手が上がっていた。炎と煙の中からアストンがゆっくりと上昇してくる。

「あいつも赤鬼丸みたいに念力放火するの？」ひとみが叫んだ。

「わからないけど、さっきの感じは念力放火とはちょっと違う気がするわ」

周囲の繁華街は逃げ惑う人々でごった返しており、アストンはなかなか二人を見付けられないらしい。

「やっぱりあいつ馬鹿だわ」ジーンが言った。「ヴォルフが使ってたような装置を使えば、すぐに見付けられるはずなのに」

「さっきも言ったけど、それってわたしたちにとってラッキーだわね」

アストンはくるくる回転しながら、さらに上昇する。「どこにいる?! 橘ひとみ！　ジーン・モルテン！」

「いやぁね」ひとみは顔を顰《しか》めた。「あんな大声で名前呼ばれたら、恥ずかしいじゃない」

高過ぎると人の判別ができない事にようやく気付いたのか、アストンはゆっくりと降下してきた。

二人は再び逃げ始める。周囲は逃げ惑う人ばかりなので、うまく紛れられた。

「ええい。ビルが邪魔だ!!」

周囲には高層とは言えないが、ホテルやテナントビルが立ち並んでいる。

アストンはそれらの陰に二人が潜んでいると思ったらしい。

「吹っ飛ばしてやる!!」

空気の味が変わった。

突然、ビルの一つに落雷した。四階建てのビルの三階と四階が崩落し、ビルの中身——

机や商品や人間が滝のように道路に流れ落ちてきた。

一瞬のうちに通りは血塗《まみ》れの人々がのたうち回る阿鼻叫喚《あびきょうかん》の地獄絵巻と化した。

「念力放火じゃない！」ひとみが言った。

「雷よ。自由に雷を呼べるんだわ」ジーンは冷静に周囲を観察している。「雷はあいつから直接出ているのではなく、上空から来たように見えたわ」

「でも、さっきホテルのロビーでは、手から放電しているみたいだった」

「電力によるんじゃないかしら？　服を脱ぐ時なんかに発生する静電気は何千ボルトもあるけど、電気量が小さいから感電しないっていうじゃない。小さな電力なら直接身体から出しても平気だけど、今ぐらいの電力だと身体から出したら自分が黒焦げになるんじゃない」

「あいつを止めないと、どんどんビルを壊していくわ」

「だから、それはわたしたちの仕事じゃないの。警察とか自衛隊の仕事よ」

「それか、ヴォルフのね」ひとみが呟《つぶや》いた。

「ヴォルフなんか当てになるもんですか」

「どうして？」

「あの人はただの人間だったわ。あんな化け物に勝てる訳ない」

「でも、赤鬼丸は倒せたじゃない」

「運がよかっただけよ」

「運も実力のうちさ、お嬢さん方」背後から聞き覚えのある声がした。

ひとみとジーンは同時に振り向いた。「ヴォルフ！」

「なんだか物凄《ものすご》い事になってるな」

「わたしたちに近寄らないんじゃなかったの？」ひとみが言った。

「そのつもりだったが、事情が変わったみたいだ」

「わたしたちを見張ってたの？」

「まあ、見張ってたといえば、そうだけど。君たちの安全のためだ。と言っても、近くのホテルに宿をとってただけで、君たちのホテルの中に入ったり、覗《のぞ》いたりはしてないよ」

「あなたのせいでわたしたちの事がMESSIAHに知られたの？」ジーンが言った。

「それはたぶんない。もし俺がいるのがばれてたら、まず俺を襲うはずだ」ヴォルフは空を見上げた。「しかし、あいつはめちゃくちゃだな。馬鹿なのにパワーは圧倒的だ。敵にしても味方にしてもあいつほど厄介なやつはいない」

「全くだわ」ジーンは頷《うなず》いた。

ヴォルフはショットガンを構えたが、すぐに下ろした。

「撃たないの？」

「この距離だとダメージを与えられない。向こうは遠距離でも攻撃可能だから、こっちの場所がわかってしまうと、圧倒的に不利だ」

「じゃあ、もっと近付く？」ジーンが尋ねた。

「あいつは上から見張ってるから、これ以上近付くと丸見えになる」

「じゃあ、このまま逃げる？」

「逃げれば必ず追ってくるだろう。いったん逃げる側になったら、立場を逆転させるのは並大抵じゃない。やはりここで決めるしかない。二人はしばらく物陰に隠れていてくれ。

俺があいつの前に飛び出して気を引くから、その間にできるだけ遠くまで逃げるんだ」

「あなたはどうするの？」ひとみが尋ねた。

「あいつを倒す」

「また槍《やり》を使うのね」

「槍は使わないつもりだ」

「どうして？　赤鬼丸の時は効果があったじゃない」

「だが、赤鬼丸の能力は暴走した。必ず暴走するとは言えないが、万一アストンの落雷能力が暴走したら、どういう事になるか考えただけでもげんなりする」

「じゃあ、ショットガンと手榴弾《しゅりゅうだん》だけでなんとか倒すと言うの？」

「そうするしかないだろう」

「倒せるの？　あいつら再生するんでしょ？」ジーンが尋ねた。

「前にも言ったように、一撃で致命傷を与えれば、もう再生しない。心臓をぶち抜くとか、首を飛ばすとか……」

「それってこの距離からできるの？」

「至近距離でないと無理だろうな」

「じゃあ、だめじゃん」

「でも、やらなくちゃならないんだ」

「どうして？」

「俺は英雄になると決めたんだ」ヴォルフは身を屈《かが》めて走り出した。「いいか。しばらく動くんじゃないぞ。あいつが俺を攻撃し始めてから逃げるんだ」

6

ヴォルフは周囲を見渡した。

倒壊したビルは二棟だけだ。だが、慌てて逃げようとした自動車が玉突き事故を起こしているし、人々が我先に逃げようとした事が原因で、あちこちで怪我人が出ている。もちろん、アストンの落雷に直接被害に遭った人々もいる。

これはMESSIAHらしからぬやり方だ。

MESSIAHは完全に準備が整うまで、秘密裏に行動する計画だったはずだ。人々にその存在を知られてしまうと、目的達成が極めて困難になる事が予想されたからだ。

それなのに、アストンは繁華街で自らの能力を公開してしまった。

空中浮遊し、落雷を自由に操る人物に人々は関心を持ち、各国の政府機関やマスコミがこぞって調査を始めるだろう。MESSIAHの組織力がどれほど強大であろうと、すべてを隠蔽《いんぺい》する事は極めて困難になる。

もちろん、そうなる事はヴォルフにとっても望ましい事だった。だが、一抹の不安もある。

MESSIAHの存在が明るみに出れば、彼らが創り出したクローンの存在も人々の知るところとなる。はたして、その一人であるヴォルフは世間に受け入れられるのだろうか？

ヴォルフは首を振った。

その事を今考えても仕方がない。ヴォルフの存在が世間に受け入れられるかどうかは、彼自身の行動に掛かっている。自らの価値を自らの行動で示すのだ。

ヴォルフはとあるビルの一階に電器店を発見した。

ひとまずあの中に入り込もう。

相変わらずアストンは空中を旋回しながら、雷を呼んであちこちに落としていた。

ヴォルフはアストンが背を向けた瞬間に道路を横断し、電器店に飛び込んだ。

さほど大きな店ではない。量販店ではなく、個人商店に毛が生えた程度だ。店内には様々なものが散乱していた。おそらく何人かいた客が慌てて飛び出したのだろう。あるいは、騒ぎに紛れてやってきた物盗《ものと》りの仕業かもしれない。

さて。

ヴォルフは頭髪を掻《か》き毟《むし》った。

手持ちの武器だけで戦うのは限界がある。とりあえず、わずかな隙を衝《つ》くしかないだろう。

どこかにアース線はないか？

ヴォルフはカウンターの後ろ辺りをごそごそと調べ始めた。

修理の途中だったのか、足元には電子レンジやアルカリイオン整水器や炊飯器が半ば分解されている状態で散乱していた。

「なんだ。こんなところにいたのか」背後から声が聞こえた。

ヴォルフは手を止め、溜《た》め息を吐いた。「アストン、相変わらず馬鹿だな」

「煩《うるさ》い！」

ばちばちと火花が飛ぶ。

「俺を馬鹿にすると承知しないぞ！」

「馬鹿にするも何もおまえが馬鹿なのは事実だよ、アストン」ヴォルフは振り返らずに言った。「自分のやった事がわかってるのか？」

「俺が何かしたか？」

「おまえは人前で超能力を使った」

「それがどうかしたか？」

「俺にとっちゃ別にどうでもいい事だが、おまえの組織には大問題だろう」

「あっ！」

「思い出したか？」

「そう言えば、そういうルールがあったような気がする。組織外の人間に能力の使用を見られてはいけない。見られた時は……そう。目撃者を殺害しなくちゃならないんだ」

「おまえは何百人、下手をすると何千人もの人間に見られてしまったんだ。どうする気だ？　ルールを破ったら、消されるぞ？」

アストンは高笑いした。「ルールを破る気はないさ」

「だって、もう破ってしまって……」

「まだ破っていない。全員殺害すればいいんだ」

軽い調子で言っているが、アストンが本気だという事はひしひしと伝わってきた。やつは言葉通りに実行するだろう。

馬鹿には勝てぬか。

ヴォルフは右手をゆっくりと腰のショットガンへと伸ばした。

「おっと。それ以上、動くな」アストンは言った。

腰から引き出し、安全装置をはずすまで、数秒は掛かる。もしその間に攻撃を受けたら、勝てる望みはない。

ヴォルフは動きを止めた。

「なかなか物分かりがいいじゃないか」

「なぜ、すぐ殺さない？」

「舎利とロンギヌスの槍《やり》先のありかを話せ」

「教える訳ないだろ。教えたら、即殺す気だろ？」

「ああ。そうだよ」

「殺されるのがわかってて正直に話すやつがどこにいる？」

「でも、死に方にはいろいろある。例えば楽な死に方と苦しい死に方だ」

「苦しい死に方はどのぐらい苦しいんだ？」

「死にたくなるぐらいの苦しさだ」

「死ねるんならちょうどいいんじゃないか？」

「じゃあ、殺さない。死にたくなるぐらいの苦しさで、殺さずにいたぶり続けてやる。でも、舎利のありかを教えたら、楽に殺してやる」

「絶対に楽に殺してくれるという証拠はあるのか？」

会話を続けながら、ヴォルフは敵の動きを予測した。

アストンが落雷攻撃をしてくる可能性は低い。落雷能力の詳しいメカニズムは不明だが、上空に雷雲を発生させるプロセス、実際に落雷現象を起こすプロセス、そして落雷を誘導するプロセスからなっている。そして、おそらく誘導は大気中のイオンを利用した経路を作ることで実現していると考えられている。この経路は不安定であり、落雷それ自身によって攪乱《かくらん》されることになる。したがって、この建物に落雷させれば、アストン自身も無事ではすまない。かと言って、アストンが超能力以外のなんらかの武器を持っている事は考えにくい。なぜなら、MESSIAHのクローンのうち直接攻撃能力を有する者たちは武器を使う事を好まないからだ。彼らは超能力を使う事で自分たちの優位性を示すべきで武器を使う事は恥ずべきだと考えている。だから、彼らは武器の使用方法すら学ばないのだ。となると、近接戦でアストンから攻撃はできないはずだ。だが、今やつは自信ありげな態度をとっている。アストンははったりがきくほど複雑な人間ではない。

「俺に証拠を見せる義務はない。なぜなら、俺の方が優位な立場だからだ」

鎌《かま》をかけてみるか。

「ほう。そうかい。でも、おまえの方から攻撃はできないんだろ？」

「おまえ、さっきの俺の雄姿を見なかったのか？」

「雄姿？　俺はてっきり空の上でバレエを踊ってるのかと思ってたぞ」

「無駄口を叩《たた》くのはいい加減にしろ」

「じゃあ、訊《き》くがここに雷を落としたら、おまえも黒焦げだぞ」

「馬鹿にするのもいい加減にしろ！　こんなところに落雷などするものか！　俺にはおま

えの知らない近接戦用の超能力があるのだ」

「へぇ。初耳だな」

本当だとしたら、かなり拙《まず》い状況だ。

「さっき、ホテルのロビーで使ってやった。体内に原子力電池を埋め込んでから、発現した能力だ。近距離の相手に向かって放電する事ができる」

「それって、超能力じゃなくて、単に電池を放電させてるだけなんじゃないか？」

「けっ！　わかったような口を利くな！　俺は自力で体内の電流経路を開閉できるのだ。落雷現象を制御できる俺ならではの能力だ」

「まあ、それが本当だとしても、たいした能力じゃないな。スタンガンとなんら変わりない」

「ふん。電圧はスタンガンと同程度だが、電流は桁違《けたちが》いにでかい」

下手をすると黒焦げか……。

待てよ。電圧がスタンガンと同程度という事は高々数十万ボルトか。放電が数メートルも飛ぶことはあり得ない。という事は接触するか、もしくはほぼ接触に近い状態での攻撃という事になる。アストンの位置からここまで来るのに三秒程か。ショットガンをぶっぱなすのには足りないが……。

ヴォルフは床に手を伸ばした。

「てめぇ、動くなっつってんだろが‼」アストンが走り寄る。

ヴォルフは振り返りながら、液体をぶちまけた。

「死ねぃ！」アストンが叫ぶと共に激しく火花が飛び散った。

ヴォルフとアストンは同時に吹き飛ばされた。ヴォルフは壁に、アストンは床に叩き付けられる。

ヴォルフの方が一瞬だけ早く体勢を立て直した。回復力の差ではない。事態を予測していたかどうかの違いだ。だが、アストンもすでに立ち上がろうとしている。

ショットガンを使う暇はない。

ヴォルフは左の二の腕に仕込んだナイフを取り出し、アストンに向かって投げた。

それは額にずぶりと深く突き刺さった。

「理科を勉強しとけ、馬鹿。おまえのクローン元が草葉の陰で喚《わめ》き散らしてるぞ」

アストンからの返事はなかった。上半身の姿勢を真っ直ぐに保ったまま、そのまますとんと床に膝《ひざ》を突いた。顔は無表情で、目は見開かれ、腕はだらんと垂れている。

ヴォルフは手に持っていた白いプラスチック製の容器を投げ捨てた。

「アルカリイオン水は電気を通す。おまえは全身に電解液を被《かぶ》った状態で電圧を掛けたんだ。当然ショートする。俺はそれを予測していたんで、一瞬だけ早く対応できた。おまえが利巧だったら、たぶん勝てなかったろうな」

ヴォルフはふらついた。エネルギーの大部分は電源であるアストンに跳ね返ったとは言え、生身のヴォルフにはかなりのダメージだった。

とにかく、アストンの首を切り落として、お嬢さん方にもう大丈夫だと報告しなくては……。

ヴォルフは足を引き摺《ず》りながら、アストンに近づくとトマホークを振りかざした。

アストンは瞬《まばた》きをした。

しまった！　深さが足りなかった。

ヴォルフはナイフの柄を踏み付けて、前頭葉の奥深くにナイフを押し込もうとした。

だが、それは阻まれた。アストンがヴォルフの足首を摑《つか》み、振り払った。

アストンの首がぐるりと動き、倒れたヴォルフを睨《にら》み付けた。「畜生！」

雷鳴が轟《とどろ》いた。

建物に落雷している。

前頭葉が破損したことで、理性が失われてしまったのか、それとも単にやけくそなのかはわからないが、こうなったらもう手が付けられない。倒れた時に間髪を入れず、止《とど》めを刺しておくべきだった。

ぼろぼろと天井からコンクリートが崩れて、店内を青白い放電が駆け抜ける。アストンに近付く事はほぼ不可能だ。

やむなく、ヴォルフは店の中から飛び出した。

アストンはまだ動けるまでには回復していないようだが、追ってくるのも時間の問題だろう。

「逃げろ!」ヴォルフは叫んだ。「とにかく逃げろ!! あいつは無差別攻撃を始めるつもりだ!」

その声がひとみとジーンに届いたかどうかはわからなかった。

激しく周囲に落ち続ける雷で、何も聞こえない。

稲妻が激しすぎて、物の形もよくわからない。

ヴォルフは唸《うな》り声を上げると、ひとみたちが泊まっていたホテルの方に走り出した。

「誰か残っていたら、すぐに逃げろ! このホテルが決戦場になるぞ!」

ヴォルフはロビーを走り抜け、中庭へと入った。

ホテルのあちらこちらから火の手が上がっている。

落雷がホテルに集中し始めた。

どうやら、ここに飛び込んだのを見られたらしい。

ヴォルフはショットガンを取り出すと、鳥が飼われているケージの入り口の鍵《かぎ》に発砲した。

色とりどりの鳥たちがいっせいに騒ぎ始める。

扉が開いた。

ヴォルフは素早くケージの内側に入り込んだ。

鳥たちはいっそう騒ぎ始め、何羽かはケージの外に飛び出した。

貴重な鳥なのかもしれないが、今は構ってなどいられない。

ケージに落雷した。

火花は飛び散ったが、ヴォルフに影響はなかった。

思った通り、金属製のケージが避雷針代わりになっている。

ヴォルフはケージの真ん中当辺りに位置すると、ショットガンとボウガンを取り出し、迎撃の準備を始めた。

ホテルに大きな落雷があった。ロビーのある棟がついに倒壊を始めた。

瓦礫《がれき》を越えてアストンが浮遊してくる。「ヴォルフ！　どこにいる?!」

「ここだよ」ヴォルフは手を振った。

「気が変わった。おまえを殺す!!　今ここで殺す！」

「舎利やロンギヌスの槍《やり》先の行方がわからなくなってもいいのか？」

「構わない！　貴様の死体から探し出す」

「今、身につけてるとは限らないだろ」

「なかったらなかったでいい。とにかくおまえを殺さなくては気が収まらない」アストンはゆっくりと中庭に降り立った。

ヴォルフは貫頭衣の下からショットガンを握った右腕を出した。「それ以上近付くと撃つ」

「う～む。それはどうかな？　俺を殺すには即死させる必要があるぞ。一撃で脳か心臓の機能を停止できるか？　おまえはさっきもしくじったんだぞ」アストンは笑いながら近付いてくる。

「確かに、一撃では殺せないかもな。ただ、散弾は痛いぞ」ヴォルフはショットガンの狙いを定めた。

アストンはケージの外側で立ち止まった。「何を企《たくら》んでいる、ヴォルフ？」

「どうした？　痛みに耐える自信がないのか？　さあ、来いよ」

「散弾など怖くないが、わざわざおまえの思い通りの行動をとってやるつもりはない。それにだ」アストンはにやりと笑った。「ケージの中でショットガンをぶっぱなしたら、跳弾でおまえ自身がえらい事になるぜ」

「本当にそうなるかどうかやってみようぜ」ヴォルフはぴたりと狙いを付けたままはずそうとしない。

「なら、そうやってろ」アストンは手を上空に向けた。

ケージに落雷した。またもや激しい爆音と共に火花が飛び散ったが、ヴォルフは無事だった。

アストンはぽかんとケージを見詰め、それから周囲を見渡した。

「なるほど。おまえが勇ましい理由はそれか。ケージがなんらかの物理作用で雷を弾《はじ》いているのだな」

「なんらかの物理作用って何だよ？　ちゃんと説明してみろ」

「黙れ。俺の遺伝子は超一流の物理学者のものだ。ちゃんと理解しているが、おまえに教えるつもりはない」

「じゃあ、どうする？　手詰まりだぞ」

「手詰まりなのはおまえだ、ヴォルフ。遠距離では俺が圧倒的に有利だ。おまえとしては、僅《わず》かな望みに賭《か》けて近接戦に持ち込みたいのだろうな。だから、その鳥籠《かご》に逃げ込んで俺の雷を弾いて、俺が諦《あきら》めて近付くのを待っている。そうだな？」

ヴォルフは唇を噛《か》み、無言でアストンを睨み付けた。

「だが、それは浅知恵だ。俺の落雷のパワーは底知れない」

再び、雷が落ちた。火花が散り、灼熱《しゃくねつ》した金属が落下してきた。

「こんな針金細工がいつまでもつものか！　あと二、三発でぶっ壊れるさ！」

ヴォルフは無言のままだった。

「なんとか言え！　俺を馬鹿にしやがって！」

さらに雷が落ちた。滝のように砕けた金網が落下してくる。

「くそっ！」ヴォルフは貫頭衣からボウガンを握った左手を出した。

「なるほどボウガンなら、跳弾の心配はないよな。金網の間からも射る事ができるし」アストンは笑った。「だが、それは効かないぜ」

ヴォルフはボウガンを発射した。

細い紐《ひも》のようなものが付いている。

アストンは頭を傾けた。

矢は肩口を通り過ぎ、後ろの壁に当たった。

紐はアストンの肩にふわりと落ちた。

「なんだこの紐は？　まさか、これで俺を手繰り寄せようと思ったのか？　まったく馬鹿はどっちだよ？　子供じゃあるまいし、そんな手に引っ掛かるかよ」アストンは空を仰いで舌を大きく出した。「べー!!」

ケージに今までの中で最大の雷が落ちた。ケージ全体が真っ赤に光った。

そして、ボウガンの矢に結び付けられていたアース線もまた赤く輝いた。

次の瞬間ケージは弾け飛んだ。

そして、溶け掛かった金網のいくつかは黒焦げになったアストンに叩《たた》き付けられた。

「やっぱり馬鹿はおまえだったな」ヴォルフは言った。「金属は雷を弾くんじゃない。電流である雷を導くんだ。物理を勉強しろ、物理を」

黒焦げになりながらもアストンは蠢《うごめ》いていた。「水を……」

超再生はすでに始まっていた。だが、身体の六十パーセントを占める水分が殆《ほとん》ど蒸発してしまい、再生が停止してしまっている状態だった。

アストンは炭化した身体を芋虫のように動かし、水のありそうなプールへと進み出した。

「おっと。同じ失敗は繰り返さないぜ」ヴォルフはアストンに駆け寄ると、頭を踏みつけた。

「勝ったつもりか！」アストンが叫ぶ。

上空で低く雷鳴が響き始めた。

「危ない。危ない」ヴォルフはアストンの額に銃口を当て、引き金を引いた。

雷は止まった。

ヴォルフは念のため、心臓にも弾を撃ち込んだ。

大収穫だ。幹部を一人倒しただけではなく、MESSIAHの存在を広く世に知らしめることができた。これで味方がいっきに増える事だろう。

ホテルの周りが騒がしくなった。

いったい何の騒ぎだ。

ホテルから出ると、夥《おびただ》しい数の自動車が道路を封鎖していた。

すでに警察が動いたのか？　だが、あれはパトカーじゃない。いったい何が起こっている？

すべての車のドアが開いた。

中から現れたのは戦闘員たちだった。

街から逃げ出そうとしている人たちを押し留《とど》めている。

一人の若者が強引に突破していった。

彼は突然発火し、炎上した。

人々は恐れをなし、その場に立ち竦《すく》んだ。

全員殺害すればいいんだ、とアストンは言った。

あれはやはり本気だったのだ。

ヴォルフは眩暈《めまい》と吐き気を覚えた。

どうすればいい？　どうすれば、これだけの人間を救う事ができる？

「畜生！」ヴォルフは近くにいる戦闘員に発砲した。

戦闘員は崩れるように倒れた。ゆっくりと再生が始まっている。

いっせいに周辺の戦闘員たちがヴォルフの方に走ってくる。

ヴォルフはなおも発砲し続ける。

だが、すぐに弾切れになった。再装填《そうてん》する余裕はない。手榴弾《しゅりゅうだん》を使うには一般人が多過ぎる。

人々はこの街から出る事もできずに虐殺されていくのだろう。

ヴォルフは自らの無力さを痛感せざるを得なかった。

一人二人の命を救う事はできても、何百人の命を助ける事はできないのだ。

いや。仮令《たとえ》一人でも救えるものは救おう。目撃者を一人残らず殺し尽くす事など容易《たやす》くできるはずがない。少しでも多くの命を助ける事が俺の使命なのだ。

ヴォルフはロンギヌスの槍《やり》先を取り出し、戦闘員たちに挑みかかった。

何度か衣服が発火したが、不燃性の素材なので、すぐに鎮火する。

戦闘員たちは次々に滅んでいく。だが、数が多過ぎるため、いっこうに減る気配がない。

だんだんと息切れし、目が霞《かす》み始めた。

もう駄目か。残念だ。

「ヴォルフ！」誰かが駆け寄ってきた。

ヴォルフは瞬《まばた》きをした。

そこにいたのは、ひとみとジーンだった。

「何してる?! なぜ逃げなかった?!」

「逃げようとしたけど、こいつらに道を塞《ふさ》がれたのよ」ひとみが説明した。「わたしたちはこいつらの事を知ってるからすぐに隠れたんだけど、他の人たちはこいつらの事知らなかったんで反抗して何人か殺されてしまったわ」

ジーンは戦闘員と戦い始めていた。だが、傍流寺の時とは違い、ダメージを受けていない戦闘員を簡単に倒す事ができない。

ヴォルフはジーンに加勢し、槍先で戦闘員を葬り去った。

とりあえず周辺に戦闘員の姿はなくなった。

「その槍、もっとないの？」ジーンが尋ねた。

「あったら、こんなに苦労していない」

「どうするの？」ひとみが言った。

「一人でこいつら全員を倒すのは不可能だ。街の外に出て応援を頼みにいく」

「そう言えば警察はなぜ来ないのかしら？」

「情報が錯綜《さくそう》していて、判断が付かないのかもしれない。あるいは、戦闘員が街の外でも何かしているのかもしれない。それにただの警官では歯が立たない。最低でも機動隊か、あるいは警察ではなく自衛隊が必要かもしれない」

「そんなの簡単に出動できないわよ」

「だから外に出て説明にいかなくちゃならないんだよ。やつらが虐殺を始める前に応援を呼んでくる」

「わたしたちもついていくわ」ひとみが言った。

「戦いながら進まなくてはならないんだ。守ってやれないかもしれないぞ」

「あなた一人がMESSIAHの事、説明して誰が信じてくれるっていうの？」

「三人だと信じてくれると？」

「それも期待薄だけど、一人よりましよ」

「ジーン、君も同じ考えか？」

「あまり利巧なやり方じゃないけど、今はそれしかないみたいね」

ヴォルフはしばらく腕組みをして考えていたが徐《おもむろ》に口を開いた。「わかった。ついてきてくれ。ただし、絶対に俺の傍から離れるな」

7

戦闘員たちはなかなか手強《てごわ》かった。

もちろん槍先に触れればひとたまりもないが、空中浮遊能力と念力放火は厄介だった。無闇に近寄れば餌食《えじき》になるしかない。やつらと戦うには遠距離攻撃が基本だ。

だが、手榴弾やショットガンは派手に音が出るので、使うと大勢の戦闘員たちを呼ぶ事になってしまう。

こっそりと擦り抜けようにも、道の曲がり角や交差点には必ず立っているので、それもままならない。

結局、相手の隙を窺《うかが》って素早く接近し、気付かれる前に槍先で始末するしかなかった。

「これって、効率が悪い上に物凄《ものすご》くリスクが大きいわ」ひとみが言った。

「そうだろうな」ヴォルフは肩で息をしていた。

「今まで何人やっつけた？」

「さあ。十人かそこらか？」

「四人よ。わたしたちと出会ってからやっつけた戦闘員は四人」

「その前に五、六人は倒している」

「それでもせいぜい十人だわ」

「それがどうした？」

「このペースでやつらの封鎖地域を出るまでに何人倒さなくっちゃいけないと思う？」

「それは考えなくていい」

「どうして？」

「考えても仕方がないからだ」

「このペースだとあと四、五十人と戦わなくてはならないわ」ジーンが言った。「少なく見積もってよ。たぶん、封鎖地域の最外部に集結しているから、もっと大勢倒さなくてはいけないと思うわ」

「ありがとう。その話を聞いて勇気が湧いてきたよ」

「もしその中の一人が近付くあなたに気付いて、仲間を呼んだらどうなる？」

「その時は消し炭になるだけさ」

「それは困るわ」ひとみが言った。「あなたは唯一の希望なんだから」

「俺が唯一の希望の訳はない。ここでの事が広まれば、多くの人々が立ち上がるだろう」

「だから、そのためにはあなたが生き延びる事が重要なのよ」

「確かにそうかもしれない。しかし、このやり方以外に何か名案があるか？」

「無線か何か持ってないの？」

「君たちこそ携帯電話を持ってるだろ」

「それが全然繫《つな》がらないの。……そう言えば、傍流寺の時もそうだった」

「やつらの仕業だ。作戦の実行時には妨害電波を流して、すべての無線通信を無効にする」

「この前みたいにロンギヌスの槍先を矢にして撃ち込むのはどう？」

「ロンギヌスの槍先は一つしかない。撃った後、一々回収しなければならないし、万が一的をはずして敵に回収されてしまったら、とりかえしが付かないんだ」

「じゃあ、地下に潜って逃げるのは？」

「地下街も同じように占拠されているだろう。それに地下道は無限に続いているわけじゃない。街の外には出られないよ」

「下水道はどう？」ジーンが提案した。

「見付からないようにマンホールの蓋《ふた》を持ち上げて中に入り込めたらな」

「マンホールの蓋って重いの？」

「持ち上げられない程じゃないが、こっそりと持ち上げるのはまず無理だ」

「じゃあ、川沿いを進むのはどう？」ジーンが次の提案をした。

「他の道とどう違う？」

「確かあそこは遊歩道だから、道幅が狭いの。見付かっても一度に大勢を相手にせずに済むわ」

「やつらは宙を飛べるんだぜ」

「でも、かなり見通しが悪いから、攻撃しにくいんじゃないかしら？」

「もし戦闘員が川の方から近付いてきたら？」

「遠慮なくショットガンをぶっぱなせるでしょ」

ヴォルフは一瞬きょとんとしたが、突然大声で笑った。「なるほど。確かに理屈に合っている」

ヴォルフは川沿いの道へと向かった。

途中、何人かの戦闘員に出会ったが、なんとか滅する事ができた。

川は典型的な都市河川で堤防はなく、深く掘り込む事で治水対策としているようだった。川ぎりぎりまでビルが迫っているため、通り道はきわめて狭い。見下ろすと河原のようなものはなく、すぐ水面になっている。

三人はビルの陰から首を出して、川沿いの道の様子を確認した。

ほぼ二百メートルおきに戦闘員が立って、監視している。うまい具合に一般人はいなかった。

　ヴォルフは腕組みをした。「最初の一人をうまく倒せたとしても、それに気付いたやつらは一斉に襲ってくるだろう」

「でも、距離に差があるから同時にはやってこないわ」ジーンが言った。「近付いてきたやつから順番にやっつければいいのよ」

「そう簡単に言うなよ。少なくとも次の二人は前後からほぼ同時にやってくる事になる。挟み撃ちだ」

「あら。同時に相手をする必要はないわ」ジーンが指摘した。「一人を倒したら、すぐに前へ向かって走ればいいのよ。そうすれば、後ろの敵より前の敵に早く対面できるわ」

「自分から敵に向かって突っ込むって？　そんな無茶な……。でも、確かに一理ある」ヴォルフは顎《あご》を摩《さす》った。「戦闘員の念力放火の射程は五メートル程だから、その直前にショットガンでダメージを与えて、その後ロンギヌスの槍《やり》先で止《とど》めを刺す。ふうむ。何となくやれそうな気がしてきた」

「そうでしょ」

「とりあえず最初の一人だけは気付かれずに倒したい。たぶん、その後動きを止める余裕はなくなるから、最初の一人を倒す首尾が計画の成否に関わる事になる」

「このまま飛び出したら、まず近付く前に気付かれちゃうわね」ジーンが言った。

「そうなったら、最初の一人を倒す前にこの道にいる戦闘員全員がこっちに向かってくる」

「でも、それは仕方がないかもね」

「わたしたちが囮《おとり》になってはどうかしら？」ひとみが言った。

「あなた、なんか嫌な事考えるわね」

「ヴォルフではなく、わたしたちが川沿いの道に現れても、直近の戦闘員しかやってこないと思うのよ」

「たかが一般人のために全員が持ち場を離れる訳がないという事ね。でも、わたしたちの事が知られてないって保証がある？　アストンはわたしたちの事知ってたのよ」

「でも、顔は知らないようだった。そうでなかったら、わざわざ呼び出したりしなかったはずよ」

「確かに、そうかもね」

「直近の戦闘員がわたしたちに向かって走ってくる間にヴォルフがこっそり後ろ側から道に出て、背後から刺すのよ。その後はさっきの手はず通りでいいわ」

「駄目だ。そんな事をして、何か手違いがあったら、君たちの命を危険に曝《さら》す事になる。もし、戦闘員が君たちと俺の間にいる状態では、俺から見て戦闘員と君たちは同じ方向だ。もし、戦闘員が君たちに近付きすぎたらショットガンを使う事ができないかもしれない」

ひとみは考え込んだ。「戦闘員が早いうちにヴォルフに気付いても拙《まず》いわね。ショットガンを使えなかったら、ヴォルフに勝ち目はないかもしれないわ」

「やっぱり最初の計画通りにするしかないようね」

「いや。そうでもないぞ」ヴォルフは言った。「ひとみ、君の言葉がヒントになった。もう少しだけましな作戦があるかもしれない」

ヴォルフは二人に指示を与えると、川沿いの道に出る別の路地に回った。

ひとみとジーンはおそるおそるビルの陰から川沿いの道に現れた。

五十メートル程離れた場所にいる戦闘員は川の方を向いていて、二人には気付かない様子だった。

「結構、間が抜けてるわね」ひとみが言った。

「とにかくこっちに注意を向けなくっちゃ」ジーンはかなり緊張しているようだった。

「どうしよう?」

「おーい！　こっちよ！」ひとみが叫んだ。

「ちょっと！　大胆過ぎるわ!!」

戦闘員はこちらを向いた。

ターゲット以外の戦闘員もこちらを向いたが、すぐに元の方向に戻った。予想通り、一般人二人程度の対応なら一人で充分だと判断したのだろう。

ターゲットの戦闘員は早足でこちらに向かってくる。

ひとみも緊張し始めた。

この優しげな髭《ひげ》の男は手も触れずに人間を殺す力を持っているのだ。一瞬の判断ミスが命取りになる可能性もある。

後十メートル。

戦闘員の背後にヴォルフが現れた。音を立てずにゆっくりと近付いてくる。

ひとみはごくりと生唾《なまつば》を飲み込んだ。

「ココニイテハイケマセン」戦闘員は片言の日本語で話しかけてきた。「川カラ離レテ、大キナ道路ノ歩道デ待ッテイテクダサイ。追ッテ指示ヲ伝エマス」

ヴォルフはさらに接近した。貫頭衣の下からボウガンを取り出し、戦闘員に向ける。

「あの。わたしたち道に迷っちゃったんです。送ってくれませんか？」ひとみは微笑んだ。

「ワタシハ持チ場ヲ離レラレマセン。二人デ行ッテクダサイ。コッチノ方デス」戦闘員は二人がやってきた方向を指差した。

ヴォルフは素早く移動した。戦闘員までの距離はおよそ四メートル。

突然、戦闘員が振り向いた。同時に両掌をヴォルフに向ける。

気付かれていた！

貫頭衣が燃え上がる。

ヴォルフはいっきに一メートル以上跳躍して後退した。そのまま地面を転がって炎を消そうとした。

戦闘員はヴォルフに駆け寄った。

再びヴォルフを包む火の勢いが激しくなる。

ヴォルフはボウガンを戦闘員に向ける。

矢が発火する。

「ちょうどいいぜ」ヴォルフはボウガンの引き金を引いた。

矢が戦闘員の喉《のど》に命中した。

戦闘員は無表情のまま、燃える矢を摑《つか》み、引き抜いた。

肉がごっそり取れ、筋肉や動脈が丸見えになった。血がどくどくと溢《あふ》れ、胴体を伝って地面を赤く染める。

戦闘員はふらつきながらも掌《てのひら》をヴォルフに向けた。

ヴォルフは火達磨《ひだるま》になる。膝《ひざ》を突き、呻《うめ》いた。

戦闘員は破裂した。

そこにはロンギヌスの槍先を持ち、呆然《ぼうぜん》とするひとみがいた。

「遅過ぎる！」ヴォルフはばたばたと火を消しながら怒鳴りつけた。

「だって、仕方ないじゃない！　人殺しは初めてなんだから」

「人殺しって言うな」

「だって、人殺しじゃない」

「これは正当防衛だ!!」ヴォルフは震えるひとみの肩を摑んだ。「ちゃんと認識するんだ。これは正当防衛。やむを得なかった。言ってみろ!」

「これは正当防衛。やむを得なかった」ひとみは呟《つぶや》いた。

「そうだ。常に自分の行動を正しく認識するんだ。そうでないと、正気がふっとんじまう」

「ここにいた人をわたしは……」

「今は考えるな! とにかく、この危機を脱するまでは思い悩むんじゃない! 良心の呵《か》責《しゃく》は後でじっくり感じればいいから」

「そんな酷《ひど》い!」ひとみはヴォルフを睨《にら》み付け、槍先を地面に叩《たた》き付けた。「わたしはあなたを助けるために人殺しをしたのに!」

「よし! いいぞ! もっと怒るんだ! 怒って、自分を奮い立たせろ!」

「もうわたしは絶対にやらないわ!」

「もちろんだ。君にこんな事をさせて申し訳なかったと思ってる。だけど、この方法でないと、三人とも殺される可能性が高かったんだ」

「お話中、申し訳ないけど」ジーンが言った。「ぐずぐずしてると、せっかくの作戦が無駄になっちゃうわよ。全部の戦闘員がこっちに向かって走ってくるわ」

「行くぞ! 俺の背中にぴったりとついて来い!」ヴォルフは槍先を拾い上げ、走り出した。

ひとみとジーンもあとに続く。

戦闘員が前方から近付いてくる。

ヴォルフはショットガンを前方に向け、発射する。

戦闘員の全身から血飛沫《ちしぶき》があがる。

ヴォルフたちは走り続ける。

戦闘員は十メートルほど先で前のめりに倒れた。

ヴォルフたちは脇を走り抜ける。

「槍《やり》で止《とど》めを刺さないの？」ジーンが尋ねた。

「そんな暇はない。こいつらは量産品だから、一人ずつ殺し尽くしてもあまり意味はないんだ。とにかく、こっちが逃げるしばらくの間だけ戦闘不能にしておけばいい」

「ねえ。後ろから来るやつに追いつかれそうなんだけど」ひとみが言った。

「先に行け！」ヴォルフは立ち止まり、二人を先に行かせると、振り返り、発砲した。

その戦闘員もどうと倒れた。

ヴォルフは走り出し、二人の間を擦り抜けた。

前から次の戦闘員が近付いてくる。

ヴォルフが発砲する。今度は横向きに倒れ、川に落下した。

「きりがないわ」ジーンが言った。

「弾を入れないといかんのだが、走りながらだと難しい」ヴォルフがぼやいた。「ちょうど後ろから来るな」

二人は立ち止まる。

ヴォルフは両脇を前に進む。

ヴォルフは散弾を装填《そうてん》する。入れ終わると同時に戦闘員に発砲した。

戦闘員は血塗《ちまみ》れになりながらも前進し、ヴォルフに近付いた。

貫頭衣が燃え立った。

ヴォルフはさらに発砲した。

火が掻《か》き消えるのと同時に戦闘員が倒れた。

ヴォルフはまた走り出す。

「あと何人倒せばいいのかしら？」ひとみが言った。「そろそろ息が上がってきたんだけど」

「見たところ、あと五人はやらなきゃならんみたいだ。もっとかもしれないが」

「一人でも手間取ったら、挟み撃ちよ。一手もミスできない詰め将棋みたいなものだわ」

「確かに、一定のルールを踏むゲームみたいな感じだな。逆に言うと、段取りさえ間違わなければ、大丈夫だという事だ」

「それとわたしたちの息が続けばね」

「苦しいんだったら、もう喋《しゃべ》るな」

「ねえ。向こうは王手をかけてきたみたい」ジーンが川の向こう岸を指差した。

川を越えて、何人かの戦闘員が浮遊してくる。

「畜生！」ヴォルフは宙に向けて発砲した。

なかなか命中しない。

「弾切れだ！」ヴォルフは装填作業に入る。

「ちょっと！　前からもうすぐ来るわよ！」

「焦るな！」

装填作業が完了した。

ヴォルフは空中の三人の敵を撃ち落とすと、間髪を入れず、前方の敵を倒した。

ひとみの服が燃え上がった。

ヴォルフはひとみに覆いかぶさると同時に後方へ向けて発砲した。

幸いひとみの服はアウターが少し焦げただけだった。

「よし。走るぞ!!」

「もうだめ。走れない！」

「諦《あきら》めるな！」

「だったら、さっきみたいにわたしたちが槍を隠し持って近付くわ」

「もうその作戦は使えない。さっき、敵は君たちを一般人だと看做《みな》していた。だが、もうそんな訳にはいかない。気付かれずに至近距離まで近付くのは不可能だ」

「じゃあ、もうお仕舞いだわ」

「いや。まだ終わらない。少なくとも俺が諦めるまでは」

「どうなったら諦めるの？」

「俺は絶対に諦めない」

「それって、どういう事？」

「絶対に終わらないって事だ！　さあ、走るぞ！」ヴォルフは背後から近付く敵に発砲した。

　と、すぐ前から敵が迫る。

「畜生、また弾切れだ」ヴォルフはボウガンを取り出し、発射した。

　矢が戦闘員の喉に突き刺さった。

　戦闘員はその場に倒れ、じたばたと苦しんでいる。

「前と後ろと川の方からどんどん戦闘員がやってくるわ」ジーンが言った。「降伏した方がいいんじゃない？」

「残念ながら、やつらに俺たちを捕虜にする気はないだろう」ヴォルフは弾を装塡した。

「ジーン、ボウガンは使えるか？」

「使ったことないけど、たぶん使えると思う。引き金を引くだけでしょ？」

「そうだ。ただし、自分や味方に向けて引いてはいかん」ヴォルフはジーンにボウガンと数本の矢を渡した。「命中しないまでも掩護《えんご》射撃にはなるだろう」

「わたしにも何か武器を貸して」ひとみが言った。

「大丈夫か？　まださっきのショックから回復してないんだろ？」

「いいの。気にしない事にしたの。少なくともこの危機が終わるまでは」

「手榴弾《しゆりゆうだん》使えるか？」

「使える訳ないじゃない」

「簡単だ。まず、このピンを抜いて……」

「いや。もう覚えている時間ないから」

「じゃあ、トマホークは？」

「ナイフは？」

「何それ？」

「刺すぐらいならできるかも」

「投げられないんだったら、ロンギヌスの槍先が一番ましみたいだな」ヴォルフは槍先をひとみに渡した。「たぶん役に立たないと思うが、最終兵器として使ってくれ」

前と後ろと横を完全に囲まれた。距離は約十メートル。

ヴォルフは近い敵から確実に撃ち倒していくが、次々と新手が現れるので、じりじりと敵の最前線は近付いてくる。

ジーンはほぼ三十秒おきに矢を発射するが、一本も命中しない。ただ、ある程度足止めの効果はあるようだった。

ひとみは槍先を振りかざして威嚇した。こちらは効果があるのかどうか怪しかったが、とにかくひとみ自身は真剣だった。

三人の健闘も空しく敵との距離はさらに狭まってくる。ヴォルフの貫頭衣から煙が立ち始める。

「う～ん。川沿いを進むのはいいアイデアだと思ったんだがなぁ」

「そうでもなかったみたいね」ジーンが言った。

「だが、他に方法は思い付かなかった」

「もうそろそろ諦めてもいい頃合じゃない？　わたしたち充分頑張ったわ」

戦闘員の最前線は五メートル以内に踏み込んできた。

「諦めるのは早い。まだ俺たちは死んでない」

「死んだら、諦めるも糞《くそ》もないわ」

ばたばたというプロペラ音が聞こえてきた。

戦闘員たちの進行が止まった。

ヴォルフは容赦なく、発砲する。

何人かの戦闘員が倒れた。その他の戦闘員たちは倒れたものに目もくれず、川沿いの道から撤退し始めた。空中浮遊していた者たちもヴォルフの頭上を越えて、街の中へと降りていく。

「何？　どうしたの？　わたしたち勝ったの？」ひとみが尋ねた。

「勝ってはいないと思う」ヴォルフは周囲を見回した。「全然、勝った実感がない」

「でも、あいつら逃げてったわよ」

「あいつらには逃げる理由がない」

プロペラ音が徐々に大きくなる。

三人は空を見上げた。

逆行になった黒い影が見えた。

「ヘリコプター？」ジーンが自信なげに言った。

「そのようだ」

「やっとあなたの仲間が来たって訳ね」

「俺たちはヘリコプターなんか持ってない」

「嘘」

「本当だ。そんなもの持っていたら、こんなに苦労はしない」

「じゃあ、あれは誰が乗ってるの？」

ヴォルフは目の上に手を翳《かざ》し、ヘリコプターを注視した。

「きっと警察のヘリコプターよ。わたしたち以外に誰かが知らせに行ったのよ」ひとみが言った。「だいたい、誰も呼びにいかなかったとしても、こんな大混乱で警察が調べにこないはずがないわ」

ヴォルフは返事をせずにヘリコプターを見続けていた。

「どうしたの？　助かったのに嬉《うれ》しくないの？　ひょっとして、自分が活躍できなかったから拗《す》ねてるの？　でも、あのまま戦ってても勝てなかったと思うわ。あれに乗っている人にお礼言わなきゃ」ひとみははしゃいでいる。

「違う」ヴォルフが呟《つぶや》いた。

「何が違うのよ？」

「ヘリコプターの装備を見ろ。警察があんなもの積んでるか？」

「知らないわよ。何積んでるの？」

「あれはナパーム弾だ」

「何、それ？」

「ナパーム弾を知らないのか?!」

「聞いたことはあるような気がするけど」

「簡単に言うと、焼夷弾《しょういだん》のでかいやつだ」

「ショーイダン？」

「まさか、焼夷弾知らないのか？」

「自分が知ってることを誰もが知ってるって思ったら大間違いよ」

「第二次世界大戦で使用されて、日本の都市が壊滅した」

「えっ？　原子爆弾の事？」

「原爆が投下されたのは広島と長崎だけだ。その他の都市には焼夷弾が落とされた。東京で十万人、大阪で一万人の人間が犠牲になった」

「原爆以外でそんな被害が出たなんて知らなかったわ」

「ナパーム弾はさらに改良が加えられている。あれをくらったら一千度の炎で焼き尽くされるぞ!!」

「ちょっと待って、どうして警察がそんなぶっそうな爆弾持ってるのよ?!」

「だからあれは警察じゃないんだよ！」

「自衛隊が来てるって事？」

ヴォルフは首を振った。「はっきりとした侵略の証拠でもない限り、自衛隊が国内でナパーム弾を使う事はあり得ない」

「じゃあ、あれはどこのヘリコプターなのよ?!」

「MESSIAHだ」

「MESSIAHってヘリコプターまで持ってるの？」

「怪人を造れるんだから、ヘリぐらい持ってても不思議じゃないだろ」

「見て、まだ飛んでくるわ！」ジーンが叫んだ。

「全部で、四機……いや五機か。この辺り一帯を焼き払う気だな」

「どうして、そんな事を？」

「だから、目撃者を一掃するためだ。おそらくクローン怪人たちよりさらに上層部の判断だ。怪人たちは刀剣類以外の武器を極力使用したがらない」

「でも、そんな事をしたら、もっと世間の注目を浴びるじゃないの」

「だが、アストンを目撃したものはいなくなる。仮に一人か二人生き延びて証言したとしても、世間は信憑性《しんぴょうせい》が低いと考えるだろう」

「でも、街を焼き払ったら、大ごとじゃないの！　政府も動くわ」

「ああ。だが、ただのテロとしての扱いだ」

「MESSIAHのやってる事はテロ以外のなにものでもないわ」

「テロは計画の一部に過ぎない。やつらは超人計画の全貌《ぜんぼう》を隠しておきたいんだ」

「どうするの？」ひとみが心細そうに言った。「もうそこまで来てるんだけど。逃げた方がいいんじゃない?」

「いや。まだ早い。今逃げたら、追ってくる。ナパーム弾を搭載したヘリから逃げるのは、まず不可能だ」

「じゃあ、どうするのよ?!」ひとみは泣き始めた。「信じて付いてきたのに」

「君たちの命は必ず守る」

「あなたは英雄だから?」

「その通り」

「どうやって助けてくれるの?」

「今、計画の立案中だ」

「ああ!! 信じたわたしが馬鹿だったわ!」

「大丈夫。まだ余裕はある。ナパーム弾発射までまだ五秒かそこらは」

「五、四、三……」ひとみは数え始めた。

ヘリコプターは百メートル程まで近付くとぐんと高度を下げた。

「計画立案完了!」ヴォルフが二人の肩を摑《つか》んだ。

ヘリコプターから二発のナパーム弾が発射された。

ヴォルフたちは川面《かわも》へと飛び降りる。「聞いてないよぉぉぉ!!」ひとみが喚《わめ》いた。

一発のナパーム弾は川沿いの道に落ちた。次の瞬間、炎の道が生まれた。炎の道はビルの合間を縫って、見る見る広がっていく。道路にいた人々は逃げる余裕すらなく、肺を焼かれて倒れ伏した。

もう一発のナパーム弾はヴォルフたちが飛び込んだ川に落ちた。鮮やかな炎の絨毯《じゅうたん》が川面を埋め尽くした。そこには生き物が顔を出す隙間も息継ぎをする余地すらもなかった。

8

「げほげほ」ひとみは大量の泥水を吐いた。「何、ここ？　臭い」

「川への流出口だ。水面に殆《ほとん》ど隠れていたから外からは見えにくいが、天井部分にわずかな空間があるのに気付いたんだ」

「じゃあ、ここ、下水？」

「下水じゃない。今時、下水をそのまま川に流したりするか。ここはさっきの川の支流だ」

「嘘っ。さっきの川に支流なんてなかったわ」

「現にあるじゃないか」

「だから、これ下水よ」

「下水じゃない。地下河川だ」

「つまり下水って事じゃない」

「都市部の川は上に蓋《ふた》をして、暗渠《あんきょ》化される事が多いんだ。ここには元々川があったんだが、上に蓋をして道路として利用してるんだ」

「そう言えば、この上辺りに公園があったわ。小さなせせらぎが流れてた」

「それが川の名残りって事だろ。水が流出しているから暗渠内に燃料が入ってこなかったんだ。外で起きている火災で上昇気流が発生して負圧になったから、酸欠空気の流入もなく……」

「どうやって出るの？」

「まだしばらくは無理だ。と言って、あまり時間を掛けると、あいつらが確認に戻ってくるかもしれない。一時間ぐらいしてから外に出よう」

「結構寒いんだけど」

「命が助かるなら、風邪ぐらい引いたって構わないだろ」

一時間後、三人は暗渠から這《は》い出し、地上に戻った。

ビルは殆どそのままの形で残ってはいたが、酷《ひど》く焼け焦げていた。道路には自動車の残《ざん》骸《がい》が散乱している。もうもうと煙が立ち込め、あちらこちらでまだ炎が残っている。

「ふう」ヴォルフは道端に座り込んだ。「間に合わなかった。応援を要請する必要もなくなってしまった」

「街の人はどうなってしまったのかしら？」ジーンはきょろきょろと見回した。

「君たちの足元だ」

「えっ？」二人は下を見下ろした。

そこには道路を覆う真っ黒な燃え滓《かす》があるだけだった。

だが、その燃え滓は奇妙な形をしていた。喩《たと》えるなら、マネキン人形だろうか？ ただ、本来高身長で不健康なまでに痩《や》せた体型であるマネキンと違って、燃え滓は様々な体型をしていた。背が高いもの、低いもの、肥満のもの、痩せぎすのもの。よく見ると、それぞれの燃え滓には表情のようなものが見て取れた。それは一様に苦悶《くもん》の表情であり、あたかも石炭で作られた地獄の有様のようでもあった。

「誰がこんなものを放置したの？」ひとみは尋ねた。

ヴォルフは無言で燃え滓を足で蹴《け》った。

ぽろりと表面が剝《は》がれ、中から生焼けの臓器が現れた。凄《すさ》まじい臭気が立ち上る。それは焼肉店で並べられているような精錬された肉の状態ではなかった。骨や血や脂や未消化の食物と交じり合った不完全で醜い状態のままだった。それが人の形をした黒い殻の中からどろどろと流れ出し、地面の上に不愉快な泥濘《でいねい》を形成した。

「うっ！ この臭い、何？」

「臭いの元はだいたい消化液だ。それが高熱で煮られて蒸気となって立ち上っている」

「何なのよ、これは？」

「だから、街の人だ」

「そんなのあり得ない。人間が炭になるなんて」

「これがナパーム弾の威力だ。人間は大部分が蛋白質《たんぱくしつ》と脂肪からできているから、高温に曝《さら》されると表面が炭化するんだ」

「本当にこれって核兵器じゃないの？」

「残念ながら通常兵器だ」

「でも、大量に人が死んでるわ」

「兵器はかならず人を殺す。人道的な兵器なんてどこにもない」ヴォルフはショットガンを叩《たた》いた。「これだって一緒さ」

「あなた責任は感じないの？」ジーンはヴォルフに詰め寄った。

「俺が？」

「あなたたちの戦いに巻き込まれて罪もない大勢の人たちが死んでしまったのよ」

「もし俺が何もしなかったら、この街の人々は助かったというのか？」

「あなたが傍流寺であいつらの邪魔をしなかったら、この街が襲われる事もなかったのよ」

「確かにそうかもな。でも、君たちは今生きていられなかった」

「何よ！　わたしたちにこの惨状の責任を押し付けるつもり？」

「そうじゃない。だが、『あの時、ああしていればこの事件を防げた』と考えるのは意味がないって言ってるんだ。実際に行動したのはMESSIAHだ。我々はMESSIAHの意思決定に影響できない。警察に逮捕され有罪になった事を逆恨みして、社会にテロで報復を行う犯罪者がいたとして、そのテロの責任は警察や裁判官や裁判での証言者にある訳がない。犯罪の責任は犯罪者にある」

「あなたはそう簡単に割り切れるの?」ジーンはヴォルフを指差した。「この冷血漢!」

ヴォルフはぎくりとした様子を見せた。その顔に動揺の色が見えた。

「何だ。ちょっとは自覚があるんだ」

「それは個人の心の問題だ」ヴォルフは帽子を深く被《かぶ》り、目を隠した。「前にも言ったが、今は哲学的な問答をしている時じゃない。とにかく生き延びるんだ。生き延びた後、この事件の意味をじっくりと考えればいい」

「ええ。じっくりと考えればいいわ」太い女性の声が響いた。「生き延びられたらね、ヴォルフ」

三人は声のする方を見た。

焼け焦げた建物の陰から一団が現れた。まるでドラマの「くノ一」のようないでたちの背が高く若い女性を先頭とした戦闘員の集団だ。

「鱗《りん》か! あいつは拙《まず》い!!」

「何、どう拙いの?!」

「説明している暇はない。とにかく逃げるぞ！」

「逃げ道はないわ、ヴォルフ」鱗が言った。「あなたもあなたの仲間もお仕舞いよ」

「こいつらは仲間じゃない。たまたま出会っただけだ。逃がしてくれ」

「いいえ。もう充分に仲間よ。あなたと生死を共にして戦った」鱗は冷たい目でひとみを見た。「特に、そっちのお嬢さんはわたしの同志を惨殺してくれたようね」

ひとみは息を飲んだ。

「動揺するな！」ヴォルフが言った。「相手を動揺させるのが、こいつの得意技だ。こいつらは同志の事なんかなんとも思ってない。さっきのナパーム弾で、こいつら味方の戦闘員もかなり殺している」

「そして、あなたは……」鱗はジーンを見て目を細めた。「あら？」

「余計な事を考えるな」

「どういう意味？」ジーンが言った。

「こいつは心を読む」

「大丈夫。わたしポーカーフェイスが得意だから」

「そういう意味じゃない」

「じゃあ、どういう意味？」

「彼女はテレパスだ。精神感応ができる」

「えっ？　記憶とかも読めるの？」

「いいえ、ジーン」鱗は言った。「記憶を探ることまではできないの。ただ、今心に思い浮かべている事がわかるだけ」

「じゃあ、嘘の事を思い浮かべればいいんじゃないの？」ひとみが言った。

「自分を騙《だま》せるほどの立派な嘘ならね」鱗が答える。「だけど、普通は嘘を吐いたり考えたりする時は自分でもそれを自覚しているものよ。だから、わたしは騙せない」

「どうしよう!!　わたしの秘密が全部ばれちゃう」

「考えなければいいんだよ」ヴォルフが言った。

「駄目！　どうしても考えちゃう」ひとみは目を瞑《つぶ》って大声で叫んだ「わー!!　わー!!　わー!!」

「煩《うるさ》いわ。静かにして。叫ぼうが踊ろうが、頭の中には関係ないの」鱗は言った。「それにわたし、あなたが高校の先生に告白して振られたとか、こっそり漫画を描いて投稿しているとか、どうでもいいの。興味ないから」

「うわー!!　聞かれちゃったじゃないの！」

「安心しろ。俺も全く興味はない」

「あなたは思考を隠す訓練を積んでるのね、ヴォルフ。でも、いつまでも続かないわ。大事な事はつい考えてしまうもの。あら？　あなたこの二人の事を心配してるのね」

ヴォルフは舌打ちをした。

「あなた自身にはある程度の価値がある。今はなんとか精神的に隠蔽《いんぺい》している反乱分子の動向とかを知ることができるから。でも、そっちの二人は本当にただの一般人だという事がわかったから、我々にとって何の価値もない。だから、躊躇《ちゅうちょ》なく殺せる。それを心配しているのね」

「本当なの、ヴォルフ?!」ひとみが泣きそうな顔になった。

「だから、動揺したらあいつの思う壺《つぼ》なんだって」ヴォルフがぼやいた。

「さて、どうしようかしら？」鱗は顎《あご》に人差し指を当てた。「この女たちそのものは無価値だけど、ヴォルフに対する人質という副次的な価値はあるわね」

ジーンが悲鳴を上げた。

「うろたえるな!!」ヴォルフが叫んだ。焦りの色が濃い。

「ねえ。ヴォルフ、この人の能力って精神感応だけ？」ひとみが尋ねた。

「『だけ』というか、これだけでもかなり厄介だが、とりあえずクローンが基本的に持っている空中浮遊や超再生といった能力以外は精神感応だけだ」

「だったら、それほど強敵でもないんじゃない？　ショットガンで撃っちゃえば？」

「それができれば苦労はない」

「なんでできないの？」

「あいつは意思だけでなく、こちらの五感も読み取っているんだ。俺の意識を覗《のぞ》けば、照準の合い具合も発砲のタイミングもわかるんだ。銃の照準からずっと逃げ続ける事は不可能だが、引き金を引く瞬間がわかれば、その瞬間だけわずかに身体をずらす事は容易だ。当てようがない」

「そんなに早くは対応できないかも。試しに撃ってみたら？」

ヴォルフはショットガンを構え、発砲した。

鱗は微笑んだまま、発砲の瞬間にするりと弾を避《よ》けた。

「もっと近付けば、避けられないんじゃないかしら？」ひとみはさらに提案した。

「確かにそうだが、こっちが近付けば逃げるし、こっそり近付く事も不可能だ」

「ショットガンなんかじゃなく、自動小銃にしとけばよかったのに」

「そんなもの持ってたら、あいつは絶対に近付いてこないよ」

「逆にこっちの心が読めないぐらい遠くから狙ったらどう？」

「鱗の能力の有効範囲は約一キロだ。その距離からの攻撃は不可能だ」

「そういう訳よ。わたしには勝てないの。わかった、お嬢ちゃん？」鱗は微笑んだ。

「確かにこっちからは攻撃できないわ。でも、精神感応だけでは向こうも攻撃できないはず。このまま睨《にら》み合って隙を見て逃げ出せばいいんじゃないかしら？」ひとみは食い下がる。

「おあいにく様。確かにわたしは攻撃的な能力は持ってないけど、部下は大勢いるのよ」

戦闘員が三人の周りに展開する。

「こいつらは精神感応の力はないけど、脳にチップが埋め込んであって、わたしの命令を直接受信しているの。複雑な命令は無理だけど、戦闘時の単純な指示ぐらいは可能よ」

「それって超能力じゃなくて、ハイテクだよな」

「アストンのダイレクト電撃と同じ。技術の活用による超能力の延長よ」

ヴォルフは一番近くにいる戦闘員の頭を撃ち抜いた。

「今、俺が撃つのわかったよな」

鱗は返事をしなかった。

「わかってたはずだ。だが、この戦闘員は逃げなかった。なぜか？　わざと見殺しにした？　いいや。違う。おまえたちは戦闘員に特別な思い入れはないが、大事な道具が壊れるのを見過ごす事はあり得ない。理由は簡単だ。おまえたちが作った無言通信システムはそれほどの素早い対応ができないって事だ」

「そうよ。よくわかったわね。でも、それがわかったとしてもどうしようもない。戦闘員を全員撃つのにどのぐらい時間がかかる？　仮に素早く撃てたとしても、すぐに弾は尽きるわ」

「諦《あきら》めるしかないようね」ジーンはボウガンを地面に落とし、手を上げた。

「ジーン、さっきみたいに何かアイデアがあるんじゃない？」ひとみがボウガンを拾いながら言った。

「無理。もしあったとしても、もうあいつに知られてしまってるわ」

「その通り。ジーンはなかなか物分かりがいいわ。どんな作戦でも考えた途端にわたしにはわかってしまうの。降伏するしか手はないわね」

「ヴォルフ、ロンギヌスの槍《やり》なら倒せるの？」

「確実に倒せる。問題はどうやって近付くかだ」

「何か方法はないの？」

「鱗相手に作戦をたてても無駄だ。できるだけ頭を空っぽにするしかない」

「空っぽにして、降伏するの？」

「いや。戦うんだ」ヴォルフは鱗に向けて発砲した。

鱗はするりと避ける。

ヴォルフは続けて数人の戦闘員に向けて発砲する。

戦闘員は被弾する。

そして、またショットガンを鱗に向ける。

「あなた今わざと弾の数を数えなかったわね」鱗が言った。

「そうだ」

「だから、今その銃に弾が入っているかどうかはあなたにもわからない」

「その通り」

「あなたはわたしが弾が入ってないと考えて油断するのを期待している」

「正解だ」

「でも、実際には弾が入っていて、わたしに当たるのを期待している」

「ああ」

「残念。わたしは油断なんかしないの。あなたが引き金を引く瞬間に避けるだけよ。弾が入っていてもいなくても一緒。まあ、仮に当たったとしても、止《とど》めを刺しにここまで来るのは難しいでしょうけど」

ヴォルフは引き金を引いた。

鱗は華麗に身をくねらせる。

かち。

弾は出なかった。

鱗は高笑いした。

鱗の鳩尾《みぞおち》に矢が突き立った。

「何？」鱗は目を剥《む》き、そしてひとみを睨んだ。「そこの女……何のつもりだ？」

ひとみはボウガンを握り締め、呆然《ぼうぜん》と鱗を見詰めていた。

9

「君は素晴らしい才能を持っている、二十二番」〈教師〉は嬉《うれ》しそうに言った。

「本当ですか、先生?」彼女は喜びに打ち震えた。

「ああ、本当だとも」

「じゃあ、わたしはひと桁《けた》のできそこないどもとは違うんですね?」

「その言い方はどうかな、二十二番」

「少し下品でしたか? でも、これは本当の事で……」

「ひと桁は全員できそこないだ。だが、ふた桁であっても、できそこないはいる。言葉は正確に使うべきだ」

「そうでした。今後気を付けます」

「だが、君はできそこないではない。これだけは確実だ」

幸せが再び彼女を包んだ。

「それで、わたしはどうすればいいんですか？」

「君はいくつだったかな？」

「十二歳です、先生」

「まだ教育課程修了前だ。データを取るため、彼らのところに帰らなければならない。我々としては不本意なのだけれどね。しかし、君たちを製造したのは彼らだ。彼らの協力がなければ計画を進める事ができないのは事実だ」

彼女は頷《うなず》いた。「とりあえず家族の下に戻ればいいのですね」

「家族か」〈教師〉は呟《つぶや》いた。「科学班のやつらは理解し難い。自分たちを家族に喩《たと》えるなぞ……」

「おかしいですか？」

「彼らが家族の間の愛情なぞに価値を見出《みいだ》すとは考えられんのだが」

「家族は人格の形成に重要な影響を与えるものだそうです」

「彼らが言ったのか？」

「はい。擬似的な家族関係を形成する事で、クローンの心理的な発達を制御する意図があるそうです」

「そんな事を君たち自身に言っては、意味がないのではないか？」

「わたしもそう思いましたが、父たちは気に留めていないようでした。思うに、わたしの場合、すでに人格形成が終了していたからかもしれません」

「もしくは、単純に気にしていなかったからだ。その男の言葉はショックだったか？」

彼女は答えなかった。

「やはりショックだったようだな。やつらのしそうな事だ」

「わたしの中ではすでに決着がついています」

「今後は我々が君の真の家族だと考えたまえ」

「光栄です」

「君に名前を与えよう。数字では不便だろう」

「いいえ。数字はそれなりに便利です。でも、名前をいただけるなら喜んで」

「お前の本当の親――クローン元は強力な人格を持った女傑であった。彼女は夫亡き後、彼の全軍勢を率いて、皇帝に対し反旗を翻し、ついには勝利を摑《つか》んだそうだ」

「その女性の夫は皇帝の配下だったのですか？」

「彼は偉大な征服者だった。だが、その支配は新たに征服した土地だけに限定され、生涯皇帝の臣下の立場を超えなかったと言われている」

「ならばわたしのクローン元は新たな皇帝位についたのですね！」

「いいや。彼女は形式的には臣下であり続けたのだ」

「どうしてですか？」

「彼女は皇帝の一族から新たな皇帝を選び、前皇帝を流刑に処した。自分が皇帝位を自由にできる事を全国民に見せ付けた後に皇帝の臣下の立場に留《とど》まった。かの国の政治構造は極めて複雑だが、彼女が実質的な主君であった事は間違いない」

彼女は胸を張った。「わたしは彼女と同じゲノムを持っているのですね。優秀な独裁者の」

「全く同じではない。彼女の血にさらに強力な預言者の血の力が加わって君が誕生した。君には彼女の一族のシンボルを名前として授けよう。今後は鱗《りん》と名乗るがよい」

「わたしの……名前」鱗は感動に打ち震えた。「わたしには名前がある。そして、わたしはいつかこの組織を率いて、世界に乗り出すのですね」

「自信は大切だ、鱗。だが、思い上がりは禁物だ」

「思い上がり？」

「この組織はおまえのために存在するのではない。おまえが組織のために存在するのだ」

「では、組織は何のために存在するのですか？」

「閣下のためだ」

「しかし、閣下はまだ……」

〈教師〉は頷いた。「だからこそおまえたち実験体が造られたのだ。奇跡の血を呼び起こす条件を探るために」

「閣下のゲノムでは超能力が発現しないと聞きました」

「控えよ、鱗！」

鱗は頭《こうべ》を垂れた。

「閣下の血が問題なのではない。閣下の血こそが最も純粋な存在なのだ。ただ、預言者の血が閣下の血の力を引き出せないでいる事は事実だ」

「それはなぜなのでしょう？」

「何かの神秘的な力が邪魔をしているのだ。閣下の力の発現を望まぬ何者かだ」

「わたしは何をすればいいのでしょうか？」

「閣下をお守りし、そのお望みのままに動けばよいのだ。おまえが閣下に精一杯お尽くしすれば、至福千年王国は自《おの》ずと見えてくる。まずはあの不信心者たちの下に帰るがよい。そして、おまえの力を見せ付けよ。その力が顕微鏡やコンピュータでは決して解明できぬものである事を知らしめよ」

「ただ今、修行より戻りました」鱗は〈母〉に言った。

「お帰り、二十二番。不特定超越現象誘発遺伝子開発訓練の成果があったと聞いたわ」

「はい。しかし、先生はそのような言い方はなされませんでした」

「魔術班の寝言を気にする必要はないわ」

「しかし、現に先生のご指導でわたしの能力は……」

「彼らには経験に基づいた独自のノウハウ——特定の音節を用いた暗示法、身体の動きによる精神集中、自然界に存在する化学物質による精神病理学的な知識、天体の運行と人間行動の統計的なデータの集積等——がある。それを利用しない手はないわ。それだけの事。彼らの思想にはなんの根拠もないし、メリットもない。実利面だけに注目し、思想的な影響は決して受けないようにしなさい」

「はい。お母様」鱗は〈母〉の目を見詰めた。「それから、わたしは名前をいただきました」

「名前とは固有名のことなの、二十二番？」

「はい。これからはわたしの事は『鱗』とお呼びください。これはわたしのクローン元である……」

「実験体の一人一人に固有名を付けるのは不合理極まりないわ、二十二番」

「しかし、わたしも人間です」

「だから何？　人間一人一人に固有名を付けるのは単に脳の記憶システムの特性によるものよ。あなたたちのように実験体として造られた者は番号で管理する方が効率的だわ」

「わたしは単なる実験体ではなく、閣下にお仕えする者だと伺いました」

「魔法使いどもがそう言ったのか？」

「はい。先生がそうおっしゃいました」

「実験体の中の誰を幹部とするかは、彼らだけでは決定できない。無用な期待は持つべきではない」

「しかし、わたしにはそれだけの能力があります」

「透視能力だと言ったかしら？」

「はい」

「では、確認しましょう」

〈母〉は一組のカードを取り出し、その中の一枚を抜き出し、鱗の方に裏を向けて翳《かざ》した。

「波です、お母様」鱗は誇らしげに答えた。

「ふん」〈母〉は片方の眉毛《まゆげ》を少し上げた。「これは興味深いわ。では、これは何？」

「それは……」鱗は一瞬躊躇《ちゅうちょ》した。「ESPカードではありません」

「迷信家どもはESPカードを使ったのね。愚かなことだわ。ESPカードのみを透視できる能力が何の役に立つというの？　さあ、もうあなたの底は知れたから、自分の部屋に戻って……」

「何かの植物の下に豚のような動物がいます」

「何をしたの？」〈母〉は目を見開いた。

「わたしにはわかるんです」

〈母〉は考え込んだ。「トリックはないように見える。でも、結論を出すのはまだ早い」

「ハギニイノシシ」鱗は呟いた。

「今、何と言ったの、二十二番？」

「ハギニイノシシです。意味はわかりません」

「それはこのカードの絵柄を示す言葉よ」

「それは何のカードですか？」

「トランプの一種よ。日本で作られたもの。花札と呼ばれているわ。……あなたは花札を知らなかったと言うのね」

「はい、お母様」

「では、なぜ『萩に猪』という呼び方を知っていたの？」

「頭に浮かんだのです、お母様」

〈母〉はさらにカードの山から一枚を取り出し、それを表に返さずテーブルに伏せたままにした。

「これは何のカード？」

鱗に狼狽《ろうばい》の色が浮かんだ。

「どうしたの？ 透視しなさい」

「できません」

「どうして、できないの？」

「わかりません。何も浮かばないのです」

「あなたには透視能力はないと結論せざるを得ないわ、二十二番」

「信じてください。自分でもどうしてこうなったのかわからないのです」

「わたしはあなたに対し、何の不信感も持ってはいない。まじない師どもはあなたに透視能力があるなどという間違った見識を持った。それだけの事よ」

「お許しください、お母様」

「なぜ、あなたに謝る必要があるのか、理解できないわ」

「騙《だま》す意図はなかったのです」

「騙す意図はなかったと認識しているわ。あなたにも、あの間抜けどもにも」

「これは何かの間違いです、お母様！」

「ええ。間違いよ。わたしはさっきからそう言っている」

鱗の目から涙が溢《あふ》れ出した。「わたしには価値がないのですか？」

「おまえは自分に価値があると思っているの？」

「どうか、わたしが無価値だなんて言わないで!!」鱗は突然泣き崩れた。

〈母〉は鱗の取り乱した姿を冷ややかに見下ろしていた。

「来なさい、二十二番。わたしたちはあなたからデータを取らなければならない」

「おまえには透視能力がない事が証明された」〈父〉が宣言した。

目の前が真っ暗になったが、鱗はなんとか倒れまいとした。

「どうかしたのか？」

「わたしはただ事実を受け入れるよう努力しているのです」

「賢明だ。だが、君は事実を正確に理解していない」

「いいえ。わたしはわかっています。わたしの透視能力は不充分だったのです。だから、否定的な検査結果が……」

「その説明は正確ではない。おまえの透視能力は不充分だった訳ではない。存在しなかったのだ」

鱗は耳を押さえた。「お願い。もうそんな言い方はしないで」

「パニックを起こすのは精神的な未熟さの表れだ。自重せよ」

鱗は震える身体を両手で押さえた。

そう。わたしはこんな事で負けてはいけない。

「今回は駄目でも、いつかはわたしの透視能力を証明できるはずです。チャンスさえいただければ……」

「おまえがなぜこんなつまらない能力に執着するのか理解できない」〈父〉は言った。

「つまらない能力？」鱗は愕然《がくぜん》とした。

わたしの超能力がつまらないですって？

「お言葉を返すようですが、カードの裏を読み取るのは普通の人間には不可能な事で、それを実行できる事はまさに奇跡と言えます」

「安っぽい奇跡だ」

「それは超能力に対する侮辱です」

「不特定超越現象――狂信者どもは超能力と呼んでいるが――はすべて科学的な背景を持つ」

「すべてが科学的に解明された訳ではないと聞いております」

「その通りだ。科学は万能ではない。ただし、自然に対峙《たいじ》するのに最も適した手法だ」

「でも、実際に科学で扱えないものを先生たちは扱う事ができるのです」

「あれは経験に基づく稚拙な手法に過ぎない。科学的検証を経ていないので、評価はできない。もちろん、これまでの実績は認めよう。ただし、今後も彼らに主導権を与え続けるのは馬鹿馬鹿し過ぎる。彼らは今まで通りまじないに頼ってすべてを執り行うつもりだ。それに対し、我々は常に分析を繰り返しながら現象の制御方法の改良を続けている。確かに、彼らの方が数百年スタートが早かったのだろうが、我々はあと数週間で彼らを完全に追い抜くことだろう」〈父〉はカードを摘《つま》み上げた。「仮にこのカードの裏を透視する能力が本当に存在したとして、それが我々にどのような利益を与えてくれるだろう?」

「少なくとも、奇跡の存在を実証できます」

「そんなものは何の証拠にもならない。科学的な検証が繰り返され、ついにはその能力が確実なものだと証明されたとして、それは奇跡ではあり得ない。それは新しく発見された人間の持つ能力の一つでしかないのだ。科学的には紙を貫通するなんらかのエネルギーを知覚できるという事に過ぎない。確かに、科学的には興味深い。だが、それが我々にどういう利得を齎《もたら》すと言えるのか?」

「物体を透視するのは様々なスパイ活動に役立ちます」

「確かにそうかもしれない。しかし、それは『超能力者』に頼るべき事なのか? 我々科学班のメンバーが十日もかければ、そのような機能を持ち、携帯可能な装置を作る事は別段困難な事ではない。なぜ不確実かつ高コストな超能力者を利用する必要があるのかね?」

鱗は俯《うつむ》いた。

わたしは完全否定された。仮に能力がある事を証明して見せたところで、父さんたちはわたしの価値を認めないわ。どうしよう? このままここに残って、あの「ひと桁《けた》」のできそこないたちのように無能者としての生涯を過ごすか、それとも先生たちを頼って、この能力をさらに成長させて、父さんたちを見下す立場に立つか。

「しかし、幸運な事に君には透視といった低級な能力ではなく、より高次の能力が発現していたようだ」

鱗は顔を上げた。

〈父〉の顔にはなんら変化はなく、無表情のまま淡々と話を続けた。「おまえは第三者がカードの裏面を見ている場合のみ、カードの図柄を当てる事ができた。つまり、おまえはカードの模様を物理的に覗《のぞ》き見ているのではなく、それを見ている人間の精神を覗いていたのだ。おまえは透視ではなく、読心能力を持っていると推定されるのだ、二十二番」

一つのテーブルを鱗と二人の〈父〉そして一人の〈母〉が囲んでいた。四人とも頭に電極をいくつも取り付け、それらから伸びる導線は少し離れた場所にある装置に繋《つな》がっていた。

「なぜおまえは自分が人の心を読めるのか、理解できているか？」右側の〈父〉が言った。

鱗は少し考えてから答えた。「わかりません」

「今、おまえは何かについて考えた。何を考えたのか？」

「お父様もわたしの心が読めるのですか？」

「いいや。推測をしただけだ。何の考えもなければ、迷わず即答したはずだ。おまえは何かを考えた」

「はい。単なる可能性についてですが」

「何の可能性だ？」

「霊です」

「霊？」

三人の父母は同時に笑った。

「そんなものが存在する根拠はない」左側の〈父〉が言った。

「しかし、先生によると、この世には霊が満ちていると、霊こそが様々な現象の原動力になっているという事です」

「確かにこの世には目には見えないものが無数にある」右側の〈父〉が言った。

「空気、電気、磁気、電波、放射能、超音波、微生物、遺伝子……」〈母〉が言った。

「科学的な解析手段がなかった時代、人々はこれらの目に見えぬものの存在をそれらが引き起こす現象から間接的に推測した。ある人々はそれを霊と呼び、ある人々は気と呼び、ある人々はオーラと呼んだ」左側の〈父〉が言った。「それらは正体のわからないものに名付けた仮の名前だ。現代人がいつまでもそのような実体のない名前にとらわれ続けるのは極めて不合理だ」

「では、わたしの能力の源泉は何なのですか？」

「言うまでもないわ」〈母〉が言った。「精神よ」

「よくわかりません」

「何がわからないというのだ、二十二番」右側の〈父〉が言った。

「わたしには、お母様と先生は同じ事を言っているように思えるのです」

「我々と彼らが言っている事は全く違う。それが理解できない事こそが不可解だ」左側の〈父〉が言った。

「精神とは霊つまり魂の事ではないのですか？」

「それは単に君の中で各用語の定義が混乱しているだけだ」左側の〈父〉が言った。「君の言う霊や魂とは肉体と区別しうる非物質的な実体という意味ではないか？」

「その通りです」

「そのようなものを想定する必然性はない」

「しかし、先程お母様は精神についての話をされました」

「精神は実在する。君も我々も考え、話し、行動する。これは精神が実在することを示唆しているとは思わないか？」

「しかし、精神が存在して魂が存在しないというのは矛盾しないでしょうか？」

「なぜ矛盾するのか？」

「精神が存在するのなら、それは肉体に対立するもののはずです」

「なぜ、そのような馬鹿げた結論に至るの？」〈母〉が言った。「精神は肉体に付随するの。

それは肉体に発生する電気化学的な場のネットワーク」

「つまり、精神は脳の中に限定されるという事ですか？」

「そんな事は言っていない」右側の〈父〉が言った。「おまえはなぜそのような奇妙な固定観念にとらわれているのか？」

「今、お母様が精神は肉体に付随するとおっしゃいました」

「『肉体に付随する事』と『脳内に限定される事』は等価ではない」

「精神が体外にも延長されているという事ですか？」

「当然だ。精神活動は脳内の電気信号と化学物質の移動により誘発されるが、それは電気的な現象であるが故に電場の変動を伴う」

「つまり、精神活動は人体を覆う電場と相互作用しているという事ですか？」

「むしろ、人体電場を含めて精神を構成すると考えられる」

「わたしの能力は人体電場を検知する事なのですね！」鱗は自らの能力を理解できたと感じて喜んだ。

「それは事象の一側面に過ぎない」左側の〈父〉が言った。「人体電場を検知するのに特殊な能力は必要ない。それは極めて単純な装置があれば測定できるのだ」

「では、わたしの能力は何なのでしょうか？」

「君の能力は電場から受け取った信号から思考を再現する事だ。人間が精神活動を行う時、電場もまた変動する。しかし、その電場の変動から精神活動の内容を復元する事には成功していない」

「なぜ信号が検知できるのに、その内容がわからないのでしょうか？」

「それは精神と思考の本質が解明されていないからに過ぎない。それはある種の暗号であり、我々はその鍵《かぎ》を手に入れていない」

「サンプルとなる脳はすぐそこにあります。それなのに暗号の解読ができないのはなぜですか？」

「情報の種類が違いすぎるからだ。例えば、赤い色を見た時の電場の変動は測定できる。その電場のパターンを『赤』という単語と結び付ける事はそれほど難しくない。しかし、赤いと感じる感覚そのものをデータ化する事は容易ではない」

「受像機に赤い色を表示する事とは違うのですか？」

「あれは赤そのものを扱っている訳ではないのだ。特定の波長の光を放射しているに過ぎない。その波長を人間の脳が赤のクオリアに変換するのだ」

「クオリア？」

「赤のクオリアとは赤そのものの実感だ。同じように甘さのクオリアや冷たさのクオリアも存在する。クオリアが存在するのは間違いないが、それがなぜ脳内に発生するのかは解明されていない」

「我々の思考はすべてクオリアによる主観的な内的体験だから、クオリアを客観的な情報として取り扱う事は不可能だという意見もあるわ」〈母〉が言った。「クオリアを持たないコンピュータではクオリアの解析はできない。仮に持ったとしても我々のそれと同一であるという担保は存在しない」

「おまえの脳は電場の変動パターンを対応するクオリアへと変換する。つまり、他人の内的体験を共有できるのだ」

「他人の思考や感覚を自らのもののように受容するという事でしょうか?」

「その理解は精度に乏しいが近似としては充分だ」右側の〈父〉が言った。

「わたしはこの能力を閣下のために活用いたします」

「そのためにはいくつかの改良が必要だ」

「改良……ですか?」

「まずは他人の思考と自分の思考を区別する訓練だ。幸いなことにおまえの能力はいまだ発達の途中であり、他人の思考に影響を受けるまでには至っていない。しかし、今後能力が発達する過程において、もし他人の思考を自分のそれだと誤認すれば、他人の意思に行動が制御されてしまう危険がある。それを防ぐためには能力の発達において適宜自分自身の思考を確認し、他人のそれを排除する訓練を行わなければならない」

「承知いたしました」

「では、これからテストを始める」〈母〉は鱗に一組のトランプを提示した。「ババ抜きと呼ばれる簡単なゲームよ。ルールは知ってる？」

鱗は首を振った。

「なら、わたしの思考を読みなさい」〈母〉は有無を言わさずカードを自分と鱗のそれぞれの前に配った。そして、自分の札を拾い上げると、二枚ずつテーブルの上に捨て始めた。

鱗は思考を集中した。

見えたのはいつも通り、〈母〉が見ている光景――手の中のカードだ。〈母〉は同じ数字の札を二枚ずつ揃えては取り出していた。

さらに鱗は〈母〉の心に意識を集中した。

今まで自分に読心能力がある事を知らなかったので、そのような意識の集中を試みた事はなかったのだが、瞬時にして〈母〉の思考を捉《とら》える事ができた。

〈母〉はひたすら同じ数字を探していた。

やはり、同じ数字を集めるという事で間違いないのだわ。

鱗は母と同じように同じ数字の札を取り出してはテーブルの上に捨て始めた。

(興味深い)〈母〉の意識が言語として認識できた。(実験体二十二番はわたしの行動からゲームのルールを探り出したようだ)

それは音声ではなかった。文章そのものが塊となって頭の中に飛び込んでくるようだった。そう言えば、今までもこのような体験をしていたような気がする。ただ、それを読心能力と認識してこなかっただけなのだ。

「見ろ」左側の〈父〉が言った。「ヘキセと二十二番の脳波が同期を始めた」

「二十二番がヘキセの思考を読んでいるのか？」右側の〈父〉が言った。

「おそらくそうだろう」左側の〈父〉が答える。「二十二番、今わたしの質問に答える事は可能か？」

「はい。お父様」

「この『母』の思考を読めたのか？」

「はい」

「自らの思考と彼女のそれは明確に区別できたか？」

「はい」

「どのように区別したのか？」

「言葉ではうまく説明できませんが、明らかに区別できます」

「非言語的なプロセスでもって区別できるという事か？」

「そういう事だと思います」

「それはいくぶん危険な事に思えるわ」〈母〉が言った。「不完全でもいいので、言語化しなさい。そうでなければ、区別する方法を保持できなくなるかもしれない」

鱗は自分の頭の中を観察した結果を冷静に報告した。「自分の思考は今までの思考の流れから文脈に沿って連続して現れます。それと較べて他の人の思考を読んだ場合は、脈絡なく突然に考えが頭の中に浮かびます。また、同時に流れ込んでくる他人の五感と連動しています。それで自分の考えとは区別ができるようです」

「よろしい」〈母〉が言った。

「今の言葉を常に忘れないようにせよ」右側の〈父〉が言った。「引き続き、『母』の精神に意識を集中せよ」

「はい。わかりました」

(死ね！)

鱗は強烈な思考に驚いた。

「どうかしたのか？」左側の〈父〉が尋ねた。

鱗は呆然《ぼうぜん》とし、返事できなかった。

「三十二番、返答せよ！」

「今、お母様が」

「『母』がどうした？」

「わたしに『死ね』と」

「それで動揺したのか？」

「はい」

「おまえは今、他人の心にコントロールされた」

「いえ。ただ、驚いただけです」

「驚きのあまり、君はわたしの単純な質問にすら回答できなかった」

「申し訳ありません。しかし、あれは不可抗力でした」

「君は『母』の思念により、僅《わず》かの時間とはいえ、茫然《ぼうぜん》自失状態に陥った。違うか？」

「……その通りです」

「君に敵対するものが同じ事をしていたら、君はすでに殺されていたかもしれない」

「……確かにそうです。しかし……」

「反論を許した覚えはない。君は誰のどのような思考に対しても動じないように訓練を積む必要がある」

「わかりました」

「おまえは『母』とゲームを続けて勝つ自信はあるか？」右側の〈父〉が言った。

「はい。もちろんです」

「ゲームは中止だ」

「はい。わかりました」

鱗は右側の〈父〉の心を読んだ。

彼は四人でゲームをしようと考えていた。鱗には三人の心を同時に読む事はできないと考えているようだった。

鱗は心の中でほくそ笑んだ。

右側の〈父〉はわたしを見損なっている。わたしはお母様の心をまるで本を開くように読み取る事ができた。何人でも同じはずだわ。

鱗は黙ってカードを混ぜると、四人に配り始めた。

右側の〈父〉は笑った。（わたしの心を読んだようだな）

「失礼しました」

（謝る必要はない。これは君がそのような事を行う事を想定した実験なのだ）

「では、お父様たちの心を勝手に読んでもいいのですね」

（構わない）

鱗は彼らの自分への評価を探ろうとした。

しかし、彼らの心は目前のゲームに集中しており、彼女の求めるものは得られなかった。

「みんなゲームの事ばかり考えておいでですね」

（訓練の賜物よ）〈母〉が思念を送ってきた。（我々は必要外の情報をあなたに与えるつもりはないの）

人は訓練しだいで、こんな機械のような心を持つ事ができるのだろうかと、鱗はぞっとした。

（さあ、ゲームを始めるのよ）

「あっ。はい」

四人は同じ数字が揃ったカードを捨て、ゲームが始まった。

鱗は全員のカードを眺めて、戦略を練ろうとした。

心を鎮め、三人に集中する。

三人の思考が同時に流れ込んでくる。

鱗は驚いた。カードの様子が全くわからなかったのだ。様々なイメージが移ろい、頭の中をちらちらとノイズが飛び交った。

映像を留《とど》める事は一瞬たりともできなかった。

三人の思考が同時に存在し、それぞれを分離する事も意味を捉える事もできなくなった。

鱗は力ずくで、思考を捕まえようとしたが、それは激流のように鱗の精神を蝕《むしば》んだ。

鱗は悲鳴を上げた。

（悲鳴など出して（何が起きたのか（どうした？）報告せよ）恥ずかしく思わないの？）

三人の思考が交じり合い、モザイクのようになった。

鱗は立ち上がり、その場から離れようとした。だが、激しい眩暈《めまい》を覚えて、その場に蹲《うずくま》った。

彼女は嘔吐《おうと》した。

汚物が床に飛び散る。

（混乱が酷《ひど》い。最悪（なんて汚い（読心をやめよ）子かしら？）このまま廃人になるかもしれない）

相互に矛盾する思考が鱗自身の思考と絡まった。

まともな事がなにも考えられない。

（三人分の思考が一つの脳に流れ込めば、（同時に一人の人間が話す言葉さえ、（人間の脳は一人分の思考を（同時に複数の人間の思考を（離脱するのだ）読む事は不可能なの）処理するだけの性能しかない）正確に聞き取る事はほぼ不可能に近い）過負荷がかかり、機能停止するか、崩壊するかしかないわ）

離脱。

その単語が鱗の心に引っ掛かった。

そう。離脱。

鱗は三人の思考を自らの思考から剝《は》がし、撥《は》ね飛ばした。

気が付くと三人が鱗の顔を覗《のぞ》き込んでいた。

「意識はあるか？」左側の〈父〉が言った。「このデータを見たまえ、君の脳の各部分から相互に整合性のない脳波が発生しているのがわかるか？　完全な機能不全だ」

「わたしに何が？」

「脳の処理能力の限界を超えたのよ」〈母〉が言った。

「我々は脳の処理能力の限界を知る必要があった」右側の〈父〉が言った。「そのためにはおまえのようなテレパスが好都合だったのだ。我々はおまえの脳が使い物にならなくなる事を覚悟していたが、幸運にもそうはならなかったようだ。我々はおまえに改造を施すことにする」

「どのような……」鱗は息も絶え絶えになりながら言った。

「君はほんの一メートルかそこらまで近付かないと、他人の思考を読むことができない」

「そして、おまえは二人以上の思考を同時に読むこともできない」

「それがあなたの限界よ。二十二番」

「しかし、その限界の一部はある程度は技術的に補う事ができる」

「人体から漏れる電場は極めて微弱だ。そして、それはほぼ距離の三乗に反比例して弱まっていく」

「電磁波強度は距離の二乗に反比例するのだから、それよりもさらに急速に減衰する事になるわ」

「それが距離的な限界の理由だ。それ故、君の身体に原子力電池を電力源とする電場信号の増幅装置を移植する事にする」

「脳の奥深く、二度と取り出せない部位に」

「あなたは数百メートル離れた場所の思考すら読み取れる」

「だが、もう一つの限界は依然として存在する」

「それを克服するには、君の脳の処理能力を上げる事が必須《ひっす》となる」

「一方、我々にはまだ脳のメカニズムが解明できていない」

「したがって、おまえは二人以上の思考を同時に読めないという限界を抱えたままになる」

「あなたには弱点が存在する」

「いいえ」鱗は三人を睨《にら》んだ。「それは弱点でも限界でもありません」

「脳機能が回復していないのか？　おまえの脳の限界はたった今おまえ自身が体験した事だ」

「それは克服可能です」

「根拠を示せ」

鱗は立ち上がり、あたかも三人の「親」を見下すが如き笑みを浮かべた。

「わたしの血がそれを克服するのです。わたしは皇帝すら凌《しの》ぐ統治力を持つ強力な女性の血を受け継いでいます。わたしはそれに加え、さらにこの奇跡の力を身につけました。この能力を持つ前にわたしはすでに完成されていたのです。この力は限界を示すものではありません。わたしはこの奇跡の能力により、限界を超えるのです」

10

「わっ！　当たっちゃった！」ひとみは目を丸くした。

鱗は矢を引き抜こうとじたばたしている。

ヴォルフは素早く散弾を装塡《そうてん》すると、鱗の顔と胸と腹に発砲した。

戦闘員たちは互いに顔を見合わせた。

「よしっ！　逃げるぞ！」ヴォルフは二人の手を摑《つか》んで逃げ出した。

戦闘員たちは鱗からの命令がないため、混乱している。

「ちょっと、どこに行くの？」ジーンが尋ねた。

「さっきの川沿いの道だ。もう一度あの作戦——川沿いを通って街から脱出する——を実行する」

「だって、あの作戦はもうばれてるわよ」

「これからどんな作戦を立ててもすぐばれるんだ。だったら、作戦を立てる時間がもったいない。一番時間を節約できるのは、すでに立案している作戦を実行する事だ」

「ねえ。さっきはどうしてわたしの矢が当たったの？」ひとみが尋ねた。

「あれには俺も驚いたが、考えてみれば当然だ。鱗は自分の感覚を保ったまま俺の思考と感覚をモニターしていたんだ。君たち二人の意識を覗く余裕がなかったんだろう。喩《たと》えて言うなら、二台や三台のテレビを同時に視聴したら、正確に内容が把握できないのと同じ事だ」

「だったら、二人で攻撃すれば勝てるんじゃないの？」

「さっき矢が当たったのは偶然だ。また当てられる自信はあるか？」

「自信はない」

「だったら、殆《ほとん》ど役に立たない。それにさっきは突然の事で鱗もパニックに陥ったが、今度はそううまくいかないだろう」

「じゃあ、どうするの？」

「逃げ切るしかない」

「鱗って人、死んだと思う？」

「あいつにも再生能力はあるんだ。たぶん生きている」

「じゃあ、わたしたちがここにいる事、もうわかってるんじゃないの？」

「ああ。おそらくもう網を張っている」

「どうするの？」

「逃げ切るしかないって言ってるだろ！」

「だから……」

焼け焦げたビルの間から突然ヘリコプターが舞い上がった。三人の真横に移動し、そのまま同じ速度で付いてくる。

「ストップ！」ヴォルフが立ち止まった。

「戦うの？」ジーンが肩で息をしながら尋ねた。

ヴォルフは無言で頷《うなず》く。

ヘリコプターには鱗と数人の戦闘員が乗っていた。

鱗の服には穴が開き、べったりと血が付いていた。

ヴォルフはゆっくりとショットガンをヘリコプターに向ける。

「撃っても当たらないわよ」鱗の声が拡声器から聞こえてきた。

「どうかしら！　わたしもボウガンを撃つわよ！」ひとみはローターの音に負けじと叫んだ。

「叫ばなくてもいい」ヴォルフが呟《つぶや》いた。「あいつは俺たちの心が読めるんだから」

「ひとみ、あなたの腕前はもうわかってる。さっきのはまぐれだわ。この距離では絶対に当たらない」鱗の声が聞こえた。

「それはどうかしら？」ひとみはボウガンを発射した。

ヘリコプターを掠《かす》りもしなかった。

「うう。難しい」

「わたしがやろうか？」ジーンが言った。

「頼むわ」

「そっちのお嬢さんは少しは自信があるみたいね。でも、どうかしら？」

ヴォルフが発砲した。

ヘリコプターが揺れ、弾を避《よ》ける。鱗自身が操縦桿《そうじゅうかん》を握っているようだ。

ジーンがボウガンを発射する。

今度は避けない。

矢はヘリコプターの中には入ったが、そのまま反対側に飛び出す。

「初心者のボウガンなんか当たるもんじゃないわ」鱗は嘲笑《あざわら》った。

「俺は初心者じゃないぜ」ヴォルフが発砲する。

またヘリコプターが避ける。

「たとえ上級者でも、この距離でソードオフ・ショットガンを命中させるのはとても難しいでしょうね。特にわたし相手では」

ヘリコプターから戦闘員たちが漂い出した。ゆっくりと展開しながら近付いてくる。ヴォルフは全員に満遍なく銃口を向ける。

「ねえ、ヴォルフ」鱗は猫なで声で呼び掛けた。「もうつまらない意地を張るのはやめたらどうなの?」

ヴォルフは返事をしない。

「どう頑張ったって、あなたは英雄にはなれないわ」

「おまえに言われる筋合いはない」

「怒らないで。絶対になれないって意味じゃない。今の方法で頑張っても無駄だって事よ。あなたには生まれながらの才能がある。あなたの血は純粋な……」

「世迷言《よまいごと》はやめろ!」

「わたしを見て。わたしは自分の血の才能を充分に開花させた。わたしは部下を操り、常に目的を達成してきた」

「ああ。おまえのクローン元は演説が得意だったな」

「あなたもよ、ヴォルフ。血の命ずるままに行動すれば、あなたも超人に近付けるはず」

「人格が遺伝子に操られるなんて信じない。少なくとも俺は違う。俺は虐殺者なんかではない」

「そうなの？　あなた殺戮《さつりく》を楽しんでるじゃない」

「いい加減な事を言うな！」

「あなたはどうして、こんなつまらない女たちを助けるために命を賭けるの？　あなた一人なら逃げられたかもしれないのに」

「俺はクローン元とは違う！　俺は英雄に……」

「あなたが遺伝子に支配されないのなら、どうしてそんなに必死になる必要があるの？　あなたは自分が遺伝子に支配されるのではないかと常に不安に思っている。だからこそ、むきになって、それを否定するためにそんな偽善行為に走っているのよ」

「偽善なんかじゃない！」ヴォルフは発砲した。

ヘリコプターが揺れる。

「ほら動揺してる。さっきより精度が落ちてるわよ」

ヴォルフは深呼吸した。新しい散弾を装填する。「おまえは俺の心を読みながら、心理を操ろうとしている。その手には乗らない。無駄な事は考えない。今からおまえを殺す事だけに集中する」

「やっぱり殺戮を楽しむわけね。二人の命を救うために大勢の命を奪うのって、矛盾してない？」

ヴォルフは引き金に指を掛けたまま、鱗に照準を合わせ続けている。

「もう時間切れよ。戦闘員の念力放火の射程に入るわ」

ヴォルフはなおも無言で狙いを付け続けている。

「ヴォルフ、なぜ撃たないの?!」ジーンは痺《しび》れを切らしたようだった。

「静かに、狙いがはずれる」

「教えてあげましょうか?」鱗は勝ち誇った態度で言った。「その愚かな男は自分の指が痙攣《けいれん》して、勝手に引き金を引くのを待っているのよ。痙攣なら、自分の意思は関係ないから、発砲の瞬間をわたしに悟られる事はないだろうって思ってるの。ねっ。間抜けでしょ。そんな奇跡起こりっこないのに」

「可能性はゼロではない」ヴォルフは目を真っ赤にして涙を流しながら、鱗を睨《にら》み付けている。たとえ一刻でも目を離さないように瞬《まばた》きをしていないのだ。

「あっ。そうだ」ひとみが言った。「ヴォルフ、ずっと照準を離さないでいてね」

「えっ?」鱗の顔色が変わった。「この小娘が! 馬鹿な事をするな。また人殺しをするのか?!」

「正当防衛よ」ひとみはヴォルフの指の上から、鱗を狙い続けているショットガンの引き金を引いた。

照準を合わすのはヴォルフで引き金を引くのはひとみ。

二人の意識を同時にモニターするのは不可能だ。

鱗の腹部に点々と血が滲《にじ》んだ。

「よくも……」口から血が噴き出す。

二発目。

胸に命中した。

三発目。

また腹に命中した。

「あああああっ!!」鱗が絶叫すると共にヘリコプターの動きが不安定になった。

四発目。

鱗は仰《の》け反った。

ヘリコプターは横倒しになり、高度を急速に落としながら、向こう岸の方に離れていく。

くるくると不安定に回転し、ふっと空中に停止した次の瞬間、突然速度を増し、ビルの一階部分に激突した。

ヘリコプターの大きさに不釣合いに巨大な炎が噴出し、ビルごと飲み込んだ。

「まだナパーム弾を積んでいたのか……」ヴォルフは目を瞑《つぶ》った。「乾いた目に沁《し》みるぜ」

11

三人とも、擦り傷だらけで、血塗《ちまみ》れで、全身に激痛が走ってはいたが、骨折や内臓破裂などの重傷はないようだった。

「生きてるのが信じられないわ」ジーンが言った。「わたしたち本当に生きているのよね」

「苦い勝利だ」ヴォルフが忌々《いまいま》しげに言った。「この街の殆《ほとん》どの人を救う事ができなかった」

「そうね。勝ったとはとても言えないわ。あなたは責任を果たせなかったのよ、ヴォルフ」

「そんな事はないと思うわ」ひとみが反論した。「ヴォルフは精一杯やったわ。相手には武器がたっぷりあったし、戦闘員も大勢いたし、超能力まで持っていた。ヴォルフはたった一人で手持ちの武器と生身の身体だけで戦ったのよ」

「たった一人って、わたしたちが手伝ったじゃない」

「手伝ったって言っても少しだけよ」

「いや。凄《すご》く助けになった。君たちがいなかったら、たぶん俺は死んでいた」

「あなたがいなかったら、わたしたちの方が先に死んでいたわ」

ヴォルフとひとみは互いに見詰めあい、そして笑った。

「笑ってる場合じゃないわよ」ジーンが苛立《いらだ》たしげに言った。「わたしたち、この人のせいで人殺しまでしてしまったのよ」

「その事はまた後でゆっくり考えるわ。今はもうそんな事考える気力すら残ってないの」

ひとみが疲れた顔で言った。「まあ、わたしたちったら酷《ひど》い格好!」

三人とも、服はあちこちが焼け焦げて、顔や手足は煤《すす》で真っ黒だった。

「どこか別のホテルを探してお風呂《ふろ》に入りたいわ」

「一つの地区が壊滅してしまったんだ。この街は大混乱でホテルに泊まれるかどうか怪しいな」ヴォルフが唸《うな》った。「本来なら、今すぐにでも東京へ戻るべきだと思うんだが、この格好じゃ無理だな」

「あなたの組織で服を用意してくれないの?」ジーンが言った。

「残念ながら、こっちの組織はMESSIAH程予算がないんでね」

「冗談でしょ」

「もちろん服を買う程度の金はある。ただ、君たちだけ特別扱いは無理だと思う。なにしろ、今回の事件では膨大な数の人々が被害に遭ったんだ」

「いいわ。銀行を見付けたら、そこでお金を下ろしましょう」ひとみが言った。

「銀行も凄い騒ぎになってると思うわよ」ジーンがうんざりした口調で言った。

「じゃあ、とりあえず腰を下ろそうよ」ひとみが座り込んだ。

「そうだな。まず一息つこう」

「ついでに今後の対策も立てておくのよ」ジーンが言った。

「今後の対策？」ひとみが言った。「お金を下ろして服を買うんでしょ」

「その後の事よ。わたしたち敵組織に顔も名前も知られちゃってるのよ」

「えっ。あいつら、もう懲りたんじゃないの？　どうなの、ヴォルフ」

「う〜ん。俺にも判断が付かない。なにしろ、MESSIAHがこれだけの大規模なテロを実行したのは初めての事なんだ。本来なら、目撃者は草の根を分けてでも見つけ出し、処分するのがあいつらのやり方だが、果たして今更それに意味があるかどうか」

「殺し損ねた目撃者が大勢いるから、一人一人殺して回ったりしないって事ね」

「そうだといいんだが」

「どっちなのよ?!　はっきりしてよ！」

「常識的にはもう襲っては来ないはずなんだが、なにしろ常軌を逸したやつらだから、本気で一人一人を殺して回るつもりかもしれない」

「ちょっと、もう止めて欲しいわ。本当に」ジーンが口を尖《とが》らせた。「どうしろっていうのよ」

「一つの方法としては、君たちの目撃者としての価値をなくす事だ」

「この事件をいっさい口外しないって事？」

「逆だ。できるだけ早くこの事を公表してしまうんだ。誰もが知ってしまえば、君たちを消す意味がなくなる」

「それいいわ」ひとみがはしゃいだ。「マスコミに行って証言するのよ。それとも、インターネットを使って自分で公表する？」

「そんなにうまくいくかしら？　わたしたちには証言を裏付ける証拠が殆どないのよ。マスコミが信用してくれると思う？　取り上げてくれるとしても、きっと胡散《うさん》臭いところばかりよ。インターネットで公表しても、頭のおかしい人だと思われて誰からも注目されないのが落ちだわ」

「確かに、その危険はある。しかも、マスコミの取材を受けたり、インターネットにアクセスしたりすると、敵に居場所を捕まれやすいというリスクもある」

「また、そんな事を言う。公表しろって言ったのはあなたでしょ」ひとみが文句を言った。

「すまん。本当にわからないんだ」

「じゃあ、こうしましょう」ジーンが言った。「ヴォルフにもっと敵の情報を提供して貰《もら》うの。敵を分析して今後の行動を予測するの」

「そんな簡単に分析ができるぐらいなら、苦労はしないよ」

「でも、やってみなくっちゃわからないわ」ひとみは乗り気になった。「MESSIAHの事をもっと詳しく教えて」

「昨日の晩、教えてやったじゃないか」

「あれだけじゃ、どうしようもないわ」ジーンが言った。

「じゃあ、具体的に何が知りたいのか言ってくれよ」

「そうね。じゃあ、まずMESSIAHの幹部たちについて教えて」

「言っただろ。彼らは強い個性を持った人物の遺伝子に超能力の遺伝子を投入して造られたクローンなんだ」

「クローン元になった人たちって、元々MESSIAHに所属していたの？」

「いいや。その……」

「どうしたの？　教えられないの？」

「そういう訳じゃないんだが……」

「わたしたちを信用していないって事？」ジーンは不信感の籠《こも》った目でヴォルフを見た。

「そうじゃない。ただ、ちょっとデリケートな問題なんでね」

「だったら、無理に言わなくても……」ひとみが助け舟を出した。

「結局、言えないって事？」ジーンはなおも詰問する。

「わかった。正直に言おう。幹部の正体は歴史上の人物のクローンなんだ」

ひとみとジーンは顔を見合わせた。

「それって、わたしたちが知ってるような有名人？」ひとみが尋ねた。

ヴォルフは頷《うなず》いた。「歴史上の偉人を尊敬したり、崇拝したりしている人は多い。幹部たちの正体が偉人たちのクローンだと知れ渡ったら、あっという間に夥《おびただ》しい数の信者を獲得する事になる。少なくとも彼らはそう信じているようだ」

「じゃあ、なぜMESSIAHはその事実を公表しないのかしら？」ジーンが言った。

「やつらは最高のタイミングを狙っているんだ。彼らが理想とするクローンのラインナップが揃った時に人心を摑《つか》む最大の効果が発揮できると考えている」

「じゃあ、わたしたちと戦ったクローンたちも有名な偉人たちのクローンなの？」

「そういう事だ」

「誰なの？」

「それを知ってどうする？」

「別に。ただ興味があるだけよ」

「知る事で余計な先入観を持ってしまう事もある。言っておくが、クローン元とクローンはただ同じ遺伝子を持っているという関係に過ぎない。人格も思想も全く別物だ」

「そうかしら？　人格形成はある程度遺伝子に影響を受けるんじゃない？」

「そうよね」ひとみも同意した。「血液型とかも一緒になるんでしょ」

「日本には、ＡＢＯ式血液型が性格を決定するという迷信があるようだが、どうしてそんなものを信じているんだ？」

「だって、血っていつも身体の中を流れてるんだから、性格に影響してもおかしくないわ」

「血液型は単に血液中に含まれる抗原の種類に過ぎない。そんなものが性格に影響する根拠はない」

「でも、B型はA型に較べて感染症に強いからより社交的になって、A型は感染症から自分を守るために内向的になったって説もあるわ」

「もしそれが本当なら、性格を変える以前に、A型が淘汰《とうた》されて絶滅してしまうよ」

「絶滅しないために内向的になったのよ」

「だったら、B型だって内向的な方が感染症にかかりにくいはずだろ。B型は絶対に感染しないっていうのなら別だが」

「そりゃそうかもね」

「そうだとすると、血液型に関係なく、内向的な方が生き延びやすい事になる。B型だって内向的になるはずだ」

「ええとね。適度な積極性があった方が成功しやすいからじゃない？」

ヴォルフは溜《た》め息を吐いた。「B型は感染に強く、さらに適度な積極性を持っている。A型は感染に弱く、適度な積極性すらない。それが正しいとすると、A型が生き残っているのが不思議だと思わないか？」

「血液型の事はこの際、どうでもいいわ」ジーンが話を遮った。「わたしの質問に答えて。わたしたちが戦ったクローンたちは誰なの？」

「どうしても知りたいのか？」

「ええ。お互いの信頼関係のためにも秘密は作って欲しくない」

ヴォルフは唇を噛《か》んだ。そして、数秒の沈黙の後、ぽつりと言った。「赤鬼丸は信長のクローンだ」

「えええっ⁈」ひとみが仰《の》け反った。「じゃあ、ジーンがあいつと信長が似てるって言ってたの大正解だったのね。でも、信長ってあんな騒がしいやつだったの⁈」

「早速誤解しているようだが、あいつは信長ではない。信長のクローンなんだ」

「どう違うのかよくわからないわ」

「例えば一卵性双生児は同一の遺伝子を持っているが、彼らは同一人物なのか？」

「双子は別人よ。でも、クローンは全く同じなんじゃないの？」

「クローンだって、全く別人だ」

「そうかしら？」ジーンが異を唱えた。「赤鬼丸の冷酷で気の短い性格は信長らしいとは言えないかしら？」

「それは一般的な信長のイメージに過ぎない。意識的か無意識的かはわからないが、赤鬼丸は一般的な信長のイメージに引き摺《ず》られて、自己のモデル化をしてしまったんだ。ただ、あいつはなんとか自分の名前が読み書きできるだけで、日本語が殆《ほとん》どわからないから、英語の本からしか知識を得られなかったので、極めて中途半端なものになっているけどね」

「それはあなたの推測よね？」

「じゃあ、アストンは誰のクローンだと思う？」ヴォルフは尋ねた。

「白人だという事はわかるけど、お手上げだわ」ひとみが言った。

「彼のクローン元はアインシュタインだ」

「えっ？　アインシュタインって、万有引力を発見したんだっけ？」

「相対性理論だ」

「超有名な物理学者よね」

「おそらく知名度では一番だろうな」

「でも、アストンって、間抜けだったわ」

ヴォルフは頷いた。「遺伝子がすべてではないという実例の一つだ」

「でも、アインシュタインって結構間抜けだったという話もあるわ。洗濯石鹸《せっけん》と洗顔石鹸の区別が付かなかったとか」またもジーンが反論した。

「それは天才特有の奇行だ」

「アストンだって、何かの天才だったのかもしれないじゃない」

「あいつはただの間抜けだよ」

「あなたの知らない才能があったのかもね」

「いや。あいつに限って……」

「鱗は誰だったの？」

「北条政子のクローンだ」

「尼将軍。制度上、女性は征夷大将軍《せいいたいしょうぐん》になれないけど、彼女は実質的に将軍の地位にあったとも言われてるわね。演説で人の心を摑む名人だったらしいわ」

「鱗が心理戦に長《た》けているのは超能力の特性によるものだ。北条政子の遺伝子の影響だと考える証拠はない」

「あなた、ずいぶんむきになって遺伝的要素の影響を否定するのね」

「むきになってとかじゃなくて、実際に影響は殆どないからそう言ってるだけだ」

「ねぇ。昔の人の遺伝子ってどうやって手に入れるの？」ひとみが尋ねた。

「遺骨や遺髪から手に入れるのが一番確実だ。だが、別に遺骨でなくてもその人物が生前愛用していたものから、遺伝子のサンプルをとれる事もある。あと間接的な方法だが、家系図がはっきりわかっている場合、血縁者の遺伝子から本人の遺伝子を復元する事も可能だ。特に名家の場合、現代に生きている子孫から統計的に処理して、過去の人物の遺伝子を復元できるんだ」

「なんだか気の遠くなるような作業ね」ひとみが感心した。

「俺に言わせれば無駄な努力だ。クローン元がどんなに偉大だろうが、クローンが同じような人格を持つ保証は全くないんだから」

「あなたは誰なの、ヴォルフ？」ジーンは冷ややかな目でヴォルフを見た。

「俺か？　俺は……たいした人物じゃない」

「嘘。今までの話を総合すると、MESSIAHが無名の人物のクローンを造るとは思えないわ。たとえ実験体だったとしても」

「まあ、無名じゃないのかもな。でも、わざわざ言うまでもないよ」

「なによ。もったいぶらずに教えて」ひとみが微笑んだ。

「だから、言う価値もない人物なんだ」ヴォルフは冷や汗をかいていた。「言ったら、ぜったいちょっと引くよ。俺は空気を読む方なんで、言わない方がいいと判断したんだ」

「そんな事言って、実は結構な偉人だったりして」

「もうその話はやめだ」ヴォルフは袖《そで》で汗塗《まみ》れの顔を拭《ぬぐ》った。「まずは君たちの安全のために……」

「また話をはぐらかそうと……」ひとみは目を瞬《しばた》いた。「あれ？」

「どうかした？」ジーンが言った。

「いや。ヴォルフの顔、やっぱりどこかで見た事があるわ。ねぇ。もうちょっとこっちを向いてよ」

ヴォルフは顔を背けた。

「ちょっと、見せなさいよ」ジーンがヴォルフの頭を摑《つか》んで自分たちの方に向けた。

二人は同時に悲鳴を上げた。

「どうした？」ヴォルフは戸惑った様子を見せた。

女性たちはゆっくりと後退《あとずさ》った。

「騙《だま》してたのね」ひとみが言った。

「何の事だ？　俺は君たちを騙してなど……」

「この悪魔！」ジーンが罵《ののし》った。

「ちょっと待ってくれ。いったい何がどうしたって言うんだ？」

「あなたが顔を拭った時に顔の煤《すす》がとれたのよ。だけど、鼻の下だけはうまく拭《ふ》き取れなかった。ちょうどちょび髭《ひげ》のように残ったのよ」

ヴォルフは血が出そうな勢いで、ごしごしと鼻の下を擦《こす》った。「違うんだ。俺の話を聞いてくれ」ヴォルフはひとみの肩を摑もうとした。

「近寄らないで!!」ひとみは絶叫した。

ヴォルフは手を引っ込めた。

ひとみは目に涙を溜めていた。「信じていたのに。どうして?」

「信じてくれていい。俺は潔癖だ」

「うっ!」ひとみはヴォルフの顔を見て嘔吐《おうと》した。

ジーンはひとみを庇《かば》いながら、ヴォルフに回し蹴《げ》りを食らわした。

ヴォルフは避《よ》けもせず、腹に蹴りを受け、その場に蹲《うずくま》った。「違うんだ。俺はクローンだ。クローン元とは違う。俺は正しい行いによって、英雄になるんだ」

「あんたに、その権利はない」ジーンは決め付けた。「あんたに弁明の機会を与える必要もない。あんたは永遠の業火に焼かれるがいいわ」

「俺は違う。俺はただ君たちを守りたかっただけなんだ」ヴォルフは絶望に満ちていた。

「そんな事なんの言い訳にもならないわ!」ひとみはヴォルフを指差した。「あんたなんか、汚らしいヒトラーのクローンじゃないの!!」

ヴォルフは両手で顔を覆い、咽《むせ》び泣いた。

人造救世主《じんぞうきゅうせいしゅ》
小林泰三《こばやしやすみ》

角川ホラー文庫　16414

平成22年8月25日　初版発行
令和7年7月30日　5版発行

発行者――山下直久
発　行――株式会社KADOKAWA
〒102-8177　東京都千代田区富士見2-13-3
電話 0570-002-301（ナビダイヤル）
印刷所――株式会社KADOKAWA
製本所――株式会社KADOKAWA
装幀者――田島照久

●お問い合わせ
https://www.kadokawa.co.jp/（「お問い合わせ」へお進みください）
※内容によっては、お答えできない場合があります。
※サポートは日本国内のみとさせていただきます。
※Japanese text only

ISBN978-4-04-347011-2　C0193

角川文庫発刊に際して

角川源義

第二次世界大戦の敗北は、軍事力の敗北であった以上に、私たちの若い文化力の敗退であった。私たちの文化が戦争に対して如何に無力であり、単なるあだ花に過ぎなかったかを、私たちは身を以て体験し痛感した。西洋近代文化の摂取にとって、明治以後八十年の歳月は決して短かすぎたとは言えない。にもかかわらず、近代文化の伝統を確立し、自由な批判と柔軟な良識に富む文化層として自らを形成することに私たちは失敗して来た。そしてこれは、各層への文化の普及滲透を任務とする出版人の責任でもあった。

一九四五年以来、私たちは再び振出しに戻り、第一歩から踏み出すことを余儀なくされた。これは大きな不幸ではあるが、反面、これまでの混沌・未熟・歪曲の中にあった我が国の文化に秩序と確たる基礎を齎らすためには絶好の機会でもある。角川書店は、このような祖国の文化的危機にあたり、微力をも顧みず再建の礎石たるべき抱負と決意とをもって出発したが、ここに創立以来の念願を果すべく角川文庫を発刊する。これまで刊行されたあらゆる全集叢書文庫類の長所と短所とを検討し、古今東西の不朽の典籍を、良心的編集のもとに、廉価に、そして書架にふさわしい美本として、多くのひとびとに提供しようとする。しかし私たちは徒らに百科全書的な知識のジレッタントを作ることを目的とせず、あくまで祖国の文化に秩序と再建への道を示し、この文庫を角川書店の栄ある事業として、今後永久に継続発展せしめ、学芸と教養との殿堂として大成せんことを期したい。多くの読書子の愛情ある忠言と支持とによって、この希望と抱負とを完遂せしめられんことを願う。

一九四九年五月三日

AΩ
超空想科学怪奇譚

小林泰三

謎の生命体“ガ”とは？

旅客機の墜落事故。乗客全員が死亡と思われた壮絶な事故現場から、諸星《もろぼし》隼人《はやと》は腕1本の状態から蘇った。一方、真空と磁場と電離体からなる世界で「影」を追い求める生命体“ガ”は、城壁測量士を失い地球へと到来した。“ガ”は隼人と接近遭遇し、冒険を重ねる…。人類が破滅しようとしていた。新興宗教、「人間もどき」。血肉が世界を覆う――。日本SF大賞の候補作となった、超SFハード・アクション。

角川ホラー文庫

ISBN 978-4-04-347006-8